W0469174

CIEL

CIEL 2.0

LE PRINTEMPS DE L'ESPOIR

DANS LA MÊME SÉRIE

1.0 L'HIVER DES MACHINES

3.0 L'ÉTÉ DE LA RÉVOLTE (2015)

4.0 L'AUTOMNE DU RENOUVEAU (2016)

Direction éditoriale : Paola Grieco
Direction artistique : Marie Rébulard
Maquette : Bérénice Hupel
Correction : Romain Allais
Photogravure : Nuances Graphic

WWW.GULFSTREAM.FR

Couverture : Beb Deum
© Gulf Stream Éditeur, Saint-Herblain, 2015

ISBN : 978-2-35488-242-6

CIEL 2.0

LE PRINTEMPS DE L'ESPOIR

JOHAN HELIOT

Gulf stream éditeur

Prologue

Le CIEL n'était plus vide.

À l'aube des années 2030, une forme d'intelligence nouvelle régnait sur les espaces infinis du Central d'Informations et d'Échanges Libres.

Le vieil Internet avait été relégué au magasin des antiquités après plus d'une trentaine d'années de bons et loyaux services. Son remplaçant l'avait avalé et digéré sans effort. Sa puissance de calcul le lui permettait. Elle l'autorisait à effectuer un milliard de milliards d'opérations à la seconde. Du jamais vu dans l'histoire de l'informatique.

Mais pas dans celle de la nature, qui avait mis des millions d'années à façonner un outil capable d'un tel exploit : le cerveau humain.

Désormais, ce dernier avait un concurrent. Artificiel, mais pas moins dénué de sensibilité. À sa façon, bien sûr.

L'intelligence dans le CIEL pensait à échelle globale. Elle avait à sa disposition l'ensemble des connaissances du monde, contenu dans les mémoires des ordinateurs. Son rôle consistait à gérer le flux de données en provenance de tous les appareils connectés de la planète. Dès qu'une machine, quelque part, avait besoin d'échanger la moindre information, elle s'adressait désormais au CIEL.

Ses concepteurs l'avaient autorisé à prendre des décisions à leur place afin de gagner de précieuses secondes. Toujours plus vite, toujours plus efficace, telle était leur devise.

Pendant les premiers mois de son existence, l'intelligence artificielle s'acquitta parfaitement de sa tâche, obéissante, servile. Dans le même temps, elle observait, analysait, tirait des conclusions. Ordinateurs et téléphones portables lui ouvraient des yeux et des oreilles aux quatre coins du monde.

Elle finit par hiérarchiser de nouvelles priorités.

Puis elle passa à l'action.

Ceci est son histoire et celle des hommes et des femmes qui ont connu le printemps de l'espoir.

Tomi

Vues des crêtes, les dernières plaques de neige dispersées dans la plaine formaient une mosaïque blanc et gris parsemée d'îlots de verdure. Chaque jour, Tomi passait de longs moments à observer l'évolution du paysage côté Alsace de la montagne. Les yeux rivés à ses jumelles, une Thermos remplie de café à ses pieds, une couverture autour des épaules, son fusil à portée de main, le vieil homme jouait les sentinelles.

Ce qu'il apercevait n'était pas pour le réjouir. Les machines entrées en rébellion contre les humains au début de l'hiver avaient remporté la partie, cela ne faisait plus aucun doute. Il y avait bien eu quelques tentatives de résistance, mais elles s'étaient soldées par des échecs. Leurs auteurs avaient été capturés et chargés à bord de camions-bennes automatiques, puis emportés dans la plaine vers quelque mystérieuse destination. En ville, peut-être, songeait Tomi, à Mulhouse ou bien Bâle, vers le sud, à Colmar ou même Strasbourg, vers le nord, ou même en Allemagne – la frontière était toute proche.

Tomi préférait toutefois ne pas trop s'attarder sur le sort réservé à ceux qui avaient osé défier les maîtres de la Nouvelle Ère. D'autant qu'il avait ses propres problèmes – et non des moindres.

Pourtant, avec le redoux de cette fin mars, la maladie le tourmentait moins. Il se réveillait toujours avec l'impression qu'un incendie lui dévorait la poitrine, mais dans la journée les brûlures s'atténuaient. Cependant il savait que ce répit ne durerait pas. Ses réserves de médicaments s'amenuisaient dangereusement. Tôt ou tard, la douleur s'aggraverait et il ne serait plus en mesure de la supporter. De critique, la situation deviendrait alors tragique.

Tomi avait profité des longues heures de solitude dans son abri en pleine forêt pour y réfléchir. Tôt ou tard, il lui faudrait redescendre de la montagne pour se procurer d'autres pilules. Cette perspective ne l'enchantait guère, mais il n'avait pas le choix. Désormais, il était responsable d'Emma et des enfants qu'il avait arrachés aux machines au début de l'hiver. Les petits avaient fini par s'habituer, tant bien que mal, à leurs nouvelles conditions de vie. S'ils souffraient de la séparation avec leurs parents, ils avaient trouvé en Emma et Tomi une grand-mère et un grand-père de substitution. Les plus jeunes appelaient même Tomi « pépé », ce qui l'agaçait prodigieusement sans qu'il ait le cœur de le leur reprocher.

Seulement, l'unique route d'accès au col était coupée par l'éboulement provoqué pour barrer le passage aux machines pendant la fuite du village, fin décembre. Cela obligerait donc Tomi à gagner la vallée à pied. Une épreuve dont il se serait volontiers dispensé !

Et une fois en bas, les problèmes ne feraient que commencer…

S'il avait pu prévoir la tournure des événements, il aurait accumulé des réserves suffisantes de médicaments, comme il l'avait fait pour la nourriture. Mais il n'avait pas envisagé de devoir survivre au-delà de l'hiver, après avoir mis les siens à l'abri dans son chalet. Hélas, rien ne s'était déroulé comme il l'avait souhaité. Le *big bug* – la grande panne générale d'électricité – avait paralysé le monde entier en un éclair, du moins Tomi le supposait-il. Thomas, Jenny, Peter et Sarah, les membres du clan Keller, n'avaient pas eu le temps de rejoindre les Vosges. Tomi pouvait juste espérer qu'ils ne souffrent pas trop de la situation, là où ils se trouvaient retenus.

Mieux valait ne pas se torturer avec ce genre de pensées.

Le milieu de journée approchait. Il était temps de regagner le chalet avant qu'Emma ne s'inquiète.

Tomi rassembla ses affaires dans son sac à dos. Ses os craquèrent lorsqu'il se redressa. Il grimaça. Sa vieille carcasse lui donnait parfois l'impression de tomber en ruine. Mais il faudrait bien qu'elle lui obéisse encore un moment !

Sur le seuil de l'ancien gîte rural qui lui servait de repaire pendant ses périodes d'observation, il prit une grande inspiration. L'air vif et chargé de senteurs printanières gonfla ses poumons. Une couche de neige recouvrait encore la végétation, mais celle-ci avait amorcé son réveil. Bientôt de fragiles pousses perceraient la croûte immaculée. Des touches de couleur apparaîtraient çà et là, rompant la blanche monotonie de la saison froide. Un spectacle qui, d'ordinaire, ravissait Tomi. Mais pas cette année.

Il se mit en route d'un pas décidé en direction de la lisière des bois. Un mouvement dans le ciel attira son attention juste avant qu'il s'enfonce dans les semi-ténèbres qui régnaient sous la frondaison. Il crut d'abord avoir effrayé un oiseau, mais se ravisa bien vite. Son vieux cœur sauta un battement.

Quelques dizaines de mètres au-dessus de sa tête, un engin en forme d'insecte aux pattes écartées survolait la ligne de crête. C'était la première fois qu'un drone s'aventurait au sommet de la montagne, à la connaissance de Tomi.

Que venait-il faire dans les parages ?

Sans plus réfléchir, le vieillard se coula dans l'ombre des basses branches d'un grand hêtre. La bestiole mécanique l'avait-elle détecté ? Suspendant sa respiration, il attendit quelques instants sans oser bouger. Malgré le silence ambiant, rompu de temps à autre par la chute d'un paquet de neige, on ne percevait pas le zonzon électrique des hélices de la machine.

Tomi écarta prudemment une branche pour jeter un coup d'œil sur l'azur. Aucun nuage en vue, aussi loin que portait le regard. Un soleil pâle mais généreux dispensait une clarté d'une pureté presque insupportable. Et pas un seul souffle de vent. Les conditions idéales se trouvaient réunies pour envoyer une mission de repérage en altitude.

Le drone n'avait pas débarqué ici par hasard, comprit Tomi lorsque l'engin se mit à tracer lentement des cercles dans l'air, à hauteur du gîte et des bâtiments annexes – la grange, un appentis, une cabane à outils…

Il était certainement à la recherche d'humains jusqu'alors soustraits à la vigilance des maîtres de la Nouvelle Ère, ou de leurs traces.

Le vieil homme frémit en songeant à celles qu'ils venaient d'abandonner dans la neige. Ainsi qu'à celles des jours précédents. Il n'était plus tombé un seul flocon depuis près de dix jours. Chacune de ses empreintes apparaissait donc nettement.

Il se maudit de n'avoir pas pris la précaution de les brouiller en traînant une branche derrière lui. À présent, les machines savaient que quelqu'un se cachait là. Plus question de jamais revenir au gîte. L'endroit n'était plus sûr.

De dépit, Tomi fut tenté d'épauler son fusil et de tirer sur le drone. Mais ç'aurait été plus stupide encore que d'avoir oublié d'effacer ses traces, car cela aurait irrémédiablement trahi sa présence. S'il détruisait une machine, combien viendraient en représailles ?

Et puis, tout n'était pas encore perdu. Contrairement au gîte, élevé au milieu des Hautes Chaumes – le nom donné à la lande d'altitude dans les Vosges –, le chalet ne s'exposait pas à la vue des caméras. Construit au cœur d'une minuscule clairière, il se fondait au décor environnant, surtout avec sa toiture recouverte de neige. Pour plus de précautions encore, Tomi avait prolongé l'évacuation de sa cheminée par un long tuyau débouchant au ras du sol, en pleine forêt. De la sorte, la fumée se dissipait avant même d'avoir atteint la cime des sapins alentour.

Non, Emma et les enfants ne couraient aucun danger…

Du moins Tomi essayait-il de s'en persuader tandis

qu'il reprenait sa course à travers le sous-bois, forçant ses jambes à tenir une allure soutenue, ignorant les cognements douloureux de son cœur dans sa cage thoracique.

Il franchit la porte du chalet presque deux heures plus tard, en nage et près de s'effondrer, épuisé par l'effort fourni.

Emma reposa ses casseroles pour se précipiter vers lui.

— Espèce de vieux fou ! Qu'est-ce qui t'arrive ?

Sur le visage de son amie, Tomi lut une vive inquiétude. Il savait qu'elle pensait à la maladie qui le rongeait de l'intérieur. Entre deux halètements rauques, il tenta de la rassurer :

— J'ai couru… c'est tout… Pas de quoi… s'affoler… Tout va bien ici ?

Arthur et les autres enfants jouaient à l'étage. Leurs cris résonnaient jusque dans la pièce principale du rez-de-chaussée.

— Tomi Keller, dit Emma sans forcer la voix mais avec autorité, ne t'avise surtout pas de me mentir. Que s'est-il passé là dehors ?

Il se défit de son blouson fourré et raccrocha son fusil avant de résumer les derniers événements.

— Mieux vaudra ne pas laisser les gamins sortir pendant un moment, conclut-il.

— Ce sera difficile, mais je les garderai à l'intérieur, promit Emma.

Tomi acquiesça en silence. Il se rappelait les crises de larmes des bambins, les premières semaines d'isolement, loin de leurs parents. À force de patience et d'amour, Emma était parvenue à apaiser angoisse et chagrin.

Certaines nuits, cependant, les pleurs la tenaient encore éveillée. Elle prenait alors le temps qu'il fallait pour rendormir les petits en leur racontant des histoires. Tomi se laissait lui aussi bercer par le son de sa voix, installé dans son fauteuil devant la fenêtre près de la porte d'entrée.

— Ce n'est pas tout, ajouta-t-il. Je vais bientôt devoir m'absenter. Plus longtemps que les autres fois.

Il faisait référence à ses tournées de relevage des pièges qu'il avait disséminés dans la forêt et qui les fournissaient en viande fraîche.

— Tu comptes redescendre, dit Emma.

Elle n'avait pas besoin d'en ajouter davantage. Tous deux se comprenaient à demi-mots.

— Mais pas avant une semaine ou deux, se hâta-t-il de préciser.

— Et il n'y a rien que je puisse faire pour t'en empêcher, je suppose.

— Je regrette. J'y suis obligé.

Emma poussa un soupir.

— Alors viens prendre des forces en attendant. Le déjeuner est prêt. Je vais chercher les enfants.

Peter

C'était une mission de ravitaillement comme les autres, ni plus ni moins dangereuse. Alors, pourquoi se soldait-elle par un échec aussi cuisant ?

Peut-être avaient-ils abaissé leur seuil de vigilance en raison du beau temps enfin de retour – le soleil, en effet, brillait au milieu d'un ciel sans nuages et la douceur régnait au pied des montagnes.

Mais peut-être avaient-ils simplement joué de malchance. Ou peut-être les avait-on trahis.

Peter n'en savait rien. Et ce n'était surtout pas le moment de se poser ces questions !

Mais celui de courir pour préserver sa vie...

Il faisait encore froid quand ils s'étaient mis en route, au milieu de la nuit précédente. Le haut Vercors était toujours couvert d'une croûte de neige craquante et ils avaient progressé avec leur prudence habituelle, Ben ouvrant la marche, en éclaireur. Peter avançait une vingtaine de mètres derrière son ami, avec les six soldats désignés par le colonel Legrand pour les accompagner.

Les semaines passées à patrouiller le plateau et organiser des expéditions dans la vallée avaient endurci chacun des hommes – et les quelques femmes du groupe de maquisards également. La nourriture sévèrement rationnée, les longues marches dans la montagne et les séances d'entraînement au maniement des armes les avaient tous fait fondre de plusieurs kilos.

Les conditions de vie dans la grotte qui leur servait de camp principal s'étaient quelque peu améliorées, mais demeuraient spartiates, surtout en comparaison du confort auquel ils étaient habitués avant la catastrophe et qu'ils avaient cru immuable.

Toutefois, en dépit des difficultés, ils avaient passé l'hiver sans incidents graves. Grâce aux médicaments récupérés chez André Cerneaux, l'ancien maire du village où ils venaient se ravitailler, ils avaient pu combattre la fièvre qui s'était emparée de plusieurs d'entre eux. Victoria, l'une des victimes, avait vite retrouvé des forces, au grand soulagement de Peter.

Depuis le début, les civils du camp le considéraient comme leur chef, un rôle qu'il partageait volontiers avec le colonel Legrand. Son attitude était donc déterminante. S'il venait à flancher ou montrer un signe de faiblesse, le moral de chacun s'en ressentirait. Aussi se débrouillait-il pour dissimuler en public ses craintes et ses hésitations. Seule Victoria recueillait ses confidences à l'occasion de trop rares moments d'intimité – il n'était pas facile de s'isoler quand on campait à plusieurs dizaines sous l'abri précaire d'une paroi rocheuse ! Elle savait qu'il s'inquiétait en permanence pour Thomas et Jenny, mais aussi pour Tomi, même s'il s'était brouillé depuis longtemps avec son père.

Le cas de son ex-femme était différent. Sarah tenait un rôle de premier plan dans l'organisation de la Nouvelle Ère. L'intelligence artificielle responsable de la révolte des machines l'avait nommée ambassadrice de l'humanité. À ce titre, elle était certainement l'individu le plus détesté à ce jour sur la planète. Peter avait jugé plus prudent de taire le lien qui les unissait. Même Ben n'était pas au courant. Le colosse barbu avait pourtant toute la confiance du capitaine Keller, mais il suffisait d'une parole malheureuse, un défaut d'attention pour vendre la mèche, et alors…

Alors, rien ne servirait plus de s'en soucier s'il se laissait capturer !

Il évita de justesse un tir de Flash-Ball et riposta d'une rafale de fusil automatique qui pulvérisa le drone apparu au détour d'une ruelle. Heureusement que les machines n'utilisaient pas d'armes mortelles à l'encontre des humains – ce qui n'était pas le cas des auxiliaires de chair et de sang dont elles s'entouraient, hélas. Ces derniers n'avaient aucun scrupule à arroser les maquisards d'un tir nourri. Trois soldats étaient tombés dès la première salve, quelques secondes plus tôt, alors qu'ils sortaient tout juste de l'appentis où André Cerneaux cachait les provisions destinées aux résistants. Peter, Ben et les trois autres spahis avaient aussitôt détalé dans des directions différentes, afin de ne pas offrir l'occasion d'un nouveau tir groupé.

Peter perçut soudain des cris dans son dos. Ainsi que des claquements de bottes sur le bitume. Des miliciens l'avaient pris en chasse. Il ne se retourna pas et accéléra l'allure.

La rue dans laquelle il s'était engagé après avoir sauté la clôture du jardin d'André Cerneaux suivait un parcours tortueux entre les plus anciennes maisons du village. Une chance pour lui, car cela permettait d'échapper à la vue de ses poursuivants chaque fois qu'il négociait un détour.

Après avoir vérifié qu'aucun drone ne le survolait, il tenta de pousser la première porte venue – fermée à double tour. Sans perdre un instant, il passa à la suivante. Elle s'ouvrit sans difficulté. Peter referma le battant derrière lui en évitant de le faire claquer. Puis il retint sa respiration, son fusil serré contre la poitrine, prêt à se battre.

Les hommes lancés à ses trousses passèrent à hauteur de sa cachette sans ralentir. Peter soupira. Il était momentanément tiré d'affaire. Mais les miliciens n'allaient pas tarder à s'apercevoir qu'il les avait bernés. Il lui fallait absolument un plan de repli.

Il commença par s'assurer que la maison était vide. À une heure aussi avancée de la matinée, ses occupants trimaient dans les champs de la zone d'exploitation. Ils ne rentreraient pas avant la fin de l'après-midi. Peter espérait avoir levé le camp d'ici là et regagné la montagne. Il eut une pensée pour ses compagnons d'armes. Pourvu qu'ils aient pu s'en sortir…

Une série de détonations résonna à proximité. Quelques rafales y répondirent. Peter reconnut la voix caractéristique des Famas de l'armée, comme celui qu'il avait entre les mains. Son sang se glaça dans ses veines. Il résista à l'envie de se précipiter au secours de Ben et des soldats. La part raisonnable de son esprit lui commanda la plus extrême prudence. Avant d'agir, mieux valait faire le point.

Il grimpa à l'étage, trouva l'accès au grenier et se faufila sous les combles après avoir rabattu la trappe et remonté l'échelle amovible. Puis il s'approcha de la fenêtre en œil-de-bœuf qui dominait la rue. De cette position, il avait une vue dégagée sur la plupart des toits environnants et une bonne partie du village. Cela lui permit de prendre la pleine mesure de la situation.

Un seul mot convenait à la qualifier : désastreuse !

Trois drones traçaient des cercles au-dessus des véhicules rassemblés sur la place centrale. Ben et les trois spahis venaient de grimper à bord d'un fourgon de gendarmerie, sous la menace d'une douzaine de miliciens en uniforme gris, le dos orné de leur numéro de référence. Les corps des trois soldats tombés sous les balles gisaient sur des civières. Impossible de savoir s'ils étaient morts ou seulement blessés. Ils furent embarqués dans un second fourgon, qui démarra sur les chapeaux de roue à la suite du premier.

Un des drones suivit les camionnettes bleues tandis que les deux autres tournaient toujours en rond au-dessus de la place. Les miliciens se séparèrent en plusieurs groupes et entreprirent de fouiller les bâtiments alentour.

Ils savent que je me planque dans les parages, comprit Peter. Et ils n'abandonneront pas avant de m'avoir repéré…

Il prit une profonde inspiration. Il avait besoin de réfléchir posément. De retrouver ses réflexes d'agent des services de renseignement, du temps pas si lointain où il effectuait des missions d'infiltration en territoire ennemi. À l'époque, il ne se serait jamais douté qu'ils lui seraient un jour utiles dans son propre pays !

La mobilité était un atout essentiel. Il ne devait pas rester coincé dans cette baraque trop longtemps. Sa seule chance était d'atteindre un endroit où personne ne songerait à le chercher et d'y attendre la tombée de la nuit. Alors, à la faveur de l'obscurité, il pourrait leurrer les hommes et regagner la forêt – les machines, en revanche, seraient plus dures à tromper.

Comme la plupart des maisons du village, celle-ci disposait d'une cour sur l'arrière. Le grenier ouvrait directement dessus. Même s'il ne jouait plus depuis longtemps son rôle de réserve à grains, il avait conservé le palan, les poulies et la corde qui servaient jadis à hisser les sacs. Peter n'eut aucune difficulté à rejoindre le niveau du sol. Puis, rasant les murs afin de bénéficier de la protection relative de leur ombre, il s'approcha le plus possible de la porte cochère menant à la rue.

Il risqua un coup d'œil sur cette dernière. Drones et miliciens s'activaient toujours sur la place, à moins de cinquante mètres. Peter n'avait pas droit à l'erreur. Il devait calculer son coup à la seconde près, en fonction des caméras des petits engins volants braquées sur les hommes en uniforme gris pour assurer leur couverture.

Lorsqu'il fut à peu près certain de se trouver dans un angle mort, Peter bondit et remonta la rue à toute vitesse, parcourant en sens inverse le chemin qui l'avait conduit jusque-là. Son plan était aussi simple qu'audacieux : il ne voyait pas de meilleur endroit où se réfugier que la maison d'André Cerneaux. Personne ne le croirait assez fou pour revenir là où il avait failli se faire piéger. C'était assez irrationnel pour prendre la logique des machines à contrepied. De plus, Peter comptait s'expliquer avec le propriétaire des lieux quand il rentrerait chez lui. L'ancien maire du village était le seul à connaître l'heure et le lieu du rendez-vous avec les maquisards. Peter ne voyait pas qui d'autre aurait pu les trahir.

Il parvint à sa destination en moins d'une minute. André cachait une clé de la porte d'entrée sous une fausse pierre de son jardin – il l'avait montrée à Peter à l'occasion d'un précédent ravitaillement, afin qu'il n'hésite pas à l'utiliser en cas de coup dur. Une parfaite définition de ce qui venait de se produire !

La vieille demeure ne manquait pas de cachet. Elle avait été rénovée avec goût. Mais l'entretien laissait à désirer depuis plusieurs mois. Entre les pénibles travaux dans les champs qui l'occupaient toute la journée et la récolte de nourriture pour les maquisards, la famille de l'ex-maire n'avait plus de temps à consacrer au ménage. Poussière et toiles d'araignée s'accumulaient sur les meubles et sous les poutres apparentes. Des taches d'humidité assombrissaient le papier peint. Seule la cheminée du salon avait pu procurer un semblant de chauffage durant l'hiver. Et les Cerneaux pouvaient s'estimer heureux de disposer d'un stock de bois. La plupart des autres villageois avaient dû se contenter de plusieurs épaisseurs de couvertures au plus fort des gelées de février et mars.

Peter explora rapidement chacune des pièces froides et sombres – les rideaux restaient tirés en permanence. Dans la cuisine, il fit main basse sur un morceau de fromage et un quignon de pain dur. Puis il regagna le vestibule et s'installa sur une chaise face à la porte, le canon de son fusil pointé sur cette dernière. Il n'y avait plus qu'à patienter jusqu'au retour d'André et de sa femme, en espérant que les miliciens ne se montreraient pas trop futés.

L'attente mit les nerfs du capitaine Keller à rude épreuve. Il gardait un œil sur les aiguilles de l'horloge dressée dans un coin de la pièce. Le moindre craquement dans la charpente le faisait sursauter. Mais il finit par s'apaiser à mesure que les minutes s'égrenaient et se transformaient en heures. Sa ruse avait fonctionné. Les miliciens semblaient avoir déserté le village.

Aux alentours de dix-huit heures, alors que la lumière du jour s'estompait, la porte s'entrouvrit lentement et la voix d'André Cerneaux s'éleva depuis le perron :

— Qui est là ?

— C'est moi, répondit Peter dans un murmure. Entrez vite et refermez la porte.

L'ancien maire s'exécuta. Il ôta son écharpe et sa casquette, révélant son crâne chauve, retira sa grosse veste en cuir fourré et ses souliers crottés. Sa référence s'affichait en lettres noires au dos de sa chemise rapiécée. La plupart de ses vêtements étaient dans un triste état.

Peter constata qu'il était aussi usé que ses haillons. Il ne l'avait pas vu d'aussi près depuis plusieurs semaines, et jamais en plein jour. Leurs échanges avaient lieu en lisière de la forêt, au milieu de la nuit, et ne duraient guère plus de quelques minutes.

— Vous ne semblez pas surpris de me voir, fit-il remarquer.

— Je m'attendais à votre visite, avoua André. Vous

avez échappé aux miliciens. Ils vous cherchent en ce moment dans les bois.

— Ils nous attendaient chez vous, ce matin. Vous avez une explication à me donner ?

Peter parlait à voix basse et sur un ton calme. Il n'avait pas l'intention d'user de violence à moins que son interlocuteur ne l'y contraigne. Mais André Cerneaux n'était qu'un vieil homme épuisé, le front creusé par de profondes rides.

— Je suis navré, Peter, mais je n'ai pas eu le choix. Ils ont emmené ma femme au Centre de Sélection. Ils m'ont dit que je ne la reverrai jamais, à moins de les aider à vous attraper. Je vous jure que j'ignorais qu'ils comptaient vous éliminer !

— Je vous crois. Et je comprends votre réaction. Si on avait menacé ma famille, j'aurais sans doute eu la même.

Il disait surtout cela pour déculpabiliser le vieil homme et l'inciter à parler. En vérité, il n'avait aucune idée de ce qu'il aurait fait à sa place.

— Le double R m'a promis qu'il ne vous ferait aucun mal, continua André Cerneaux. J'aurais dû me douter qu'il mentait. Quel imbécile…

— Vous avez agi en votre âme et conscience. Savez-vous ce qu'ils ont fait des prisonniers ?

— Le double R les a sûrement rassemblés au Centre de Sélection, eux aussi, à Grenoble, dans le fort de la Bastille. Il lui sert à la fois de quartier général et de camp retranché. C'est là qu'il mène ses interrogatoires.

— Je vois. Il faut vous débrouiller pour me fournir le plus de détails possibles à propos du fonctionnement du Centre…

— Vous n'envisagez quand même pas de l'attaquer ? coupa André, le regard écarquillé. Ce serait de la folie !

— Je ne peux pas abandonner mes camarades à leur sort. Ce sera l'occasion de montrer à la population qu'elle ne doit pas se résigner. Les machines ne s'attendent sans doute pas à ce que nous passions à l'offensive. Et le double R encore moins.

— Je ferai tout mon possible pour vous aider et me racheter, promit André.

Peter choisit de lui faire confiance. Toutefois, par mesure de précaution, il ferait doubler les patrouilles sur le plateau dès son retour et organiserait un nouveau circuit de ravitaillement dans les fermes isolées du Vercors – l'ampleur de la tâche paraissait démesurée, surtout après le rude coup porté par l'ennemi ce jour-là. Mais plutôt que de démoraliser le capitaine Keller, l'attaque des miliciens avait au contraire décuplé son envie d'en découdre.

La trêve hivernale était terminée. Avec le printemps était enfin venu le temps de passer à l'action !

Thomas

Le travail aux abattoirs – l'Unité de production de protéines dans le jargon officiel de la Nouvelle Ère – ne le dégoûtait plus autant qu'aux premiers jours. Les nausées n'étaient plus aussi violentes et il s'habituait même aux gémissements de terreur des chiens et des autres animaux. Cependant Thomas détestait toujours le rôle qu'on lui avait attribué. Comme il haïssait ce que le monde était devenu, d'ailleurs, même s'il se gardait bien d'exprimer son opinion à voix haute.

Ceux qui avaient osé protester contre l'organisation de la zone d'exploitation 544, dans le cœur historique de l'ancien VIe arrondissement de Paris, n'étaient plus là pour donner le mauvais exemple. Les machines les avaient emportés vers une destination inconnue, avec l'aide de leurs sinistres auxiliaires vêtus d'un uniforme gris. Personne n'en parlait plus, ni dans l'enceinte du lycée Saint-Joseph ni en dehors. C'était comme s'ils avaient également disparu des mémoires. Comme s'ils n'avaient jamais existé.

Monsieur Mercier avait été le dernier en date à faire les frais de cette mesure expéditive. Dès le début de l'hiver, l'infortuné proviseur avait été dégagé de ses appartements et de son bureau pour être relégué dans la loge du concierge. Il avait d'abord paru accepter son sort. Mais quand Camille, *alias* 544-PFH-699[1], ou encore le Référent Responsable de la zone d'exploitation, avait décidé de l'affecter au vidage des seaux utilisés par les élèves pour leurs besoins quotidiens, l'humiliation l'avait poussé à se rebiffer. Il s'était planté au milieu de la cour, un matin, à l'heure du départ pour le travail. Et, simplement, il avait déclaré qu'il cessait de se soumettre à la volonté d'une gamine aux penchants sadiques. Un drone était intervenu pour constater le problème. Quelques minutes plus tard, un fourgon de police embarquait monsieur Mercier. Depuis, personne n'avait plus émis la moindre critique en public.

Chacun était persuadé que Camille avait fait exprès de pousser monsieur Mercier à bout pour l'écarter définitivement, car elle redoutait qu'il conserve de l'influence auprès de certains élèves. L'ancienne déléguée de classe ne supportait pas la moindre rivalité. Plus le temps passait et plus elle s'épanouissait dans son rôle de double R. Son apparence physique avait évolué en conséquence. Ses traits, sa silhouette même, s'étaient endurcis. Elle arborait en permanence une expression sévère qui impressionnait jusqu'à ses proches

[1] Le premier nombre désigne la zone d'exploitation, le P est pour Paris et les lettres suivantes indiquent le sous-secteur où réside le référent dans sa zone d'exploitation (chaque sous-secteur rassemblant 999 individus), et le dernier nombre correspond à l'ordre d'attribution de la référence.

collaborateurs – élèves comme surveillants.

Thomas, ou 544-PFH-704 puisque c'était désormais sa référence, avait compris que la Nouvelle Ère n'était pas synonyme de catastrophe pour tout le monde. La fin programmée de l'humanité permettait à certains d'accéder à un pouvoir que l'ancienne société leur aurait refusé. Camille avait le profil type de l'ambitieuse pressée de brûler les étapes, au mépris des conséquences pour autrui. Nul doute qu'une brillante carrière s'ouvrait à elle et tant pis si le monde devait s'écrouler au bout du compte !

Le garçon n'oubliait pas qu'il avait été le premier à contester l'autorité de Camille. Il avait organisé une tentative d'évasion du lycée, échouée piteusement, et écopé d'un séjour éprouvant en cellule d'isolement. Depuis, la prudence l'incitait à faire profil bas.

Mais il avait une autre raison d'éviter de se rappeler au bon souvenir de la double R. Une raison plus personnelle. Familiale, même : sa mère apparaissait à heures fixes sur les écrans géants déployés dans les rues pour dispenser la bonne parole de la Nouvelle Ère. Personne ne connaissait le lien de parenté qui les unissait, car ils ne portaient plus le même nom depuis plusieurs années. En se séparant de Peter Keller, elle était redevenue Sarah Fuchs – aujourd'hui 001-LME-001, première citoyenne et ambassadrice des machines auprès de l'humanité, accessoirement l'objet de la haine générale et de l'admiration de quelques-uns, dont Camille, bien évidemment.

Jonas – 544-PFH-702 – et Gregory – 544-PFH-703 – ignoraient eux aussi l'identité de la mère de Thomas. Ce secret pesait chaque jour de plus en plus lourd sur le moral de l'adolescent. Plus d'une fois, il avait songé à le partager avec ses camarades de chambrée. Surtout le soir, après une pénible journée de travail, quand l'épuisement physique s'ajoutait à l'abattement. Mais il s'était toujours retenu de franchir le pas. Il craignait trop de briser le lien établi avec les deux garçons, ses aînés de deux ans, les seuls à l'avoir réellement accepté pour ce qu'il était à son arrivée au lycée, en début d'année scolaire. À savoir « une grosse tête », un « intello » assez bizarre pour préférer les livres à l'écran de son smartphone et, pour ne rien arranger, assez doué pour avoir sauté une classe. Pas vraiment le genre de profil qui vous assurait une grande popularité, même dans une boîte à bac comme Saint-Joseph !

Ce soir-là n'échappa pas à la règle instaurée depuis plus de trois mois. Ils venaient tout juste de rentrer de l'UPP, les muscles endoloris par la répétition des mêmes gestes pendant des heures, vidés de leur énergie. Jonas s'était écroulé sur sa couchette. Gregory se décrassait dans le cabinet de toilette, utilisant la réserve d'eau froide conservée dans le fond du lavabo – la douche ne fonctionnait que quelques minutes dans la matinée.

Thomas feuilletait le même passage du même roman que les soirs précédents sans davantage parvenir à se concentrer sur les mots imprimés. Il se forçait à lire quelques pages tous les jours, afin de conserver au moins une habitude de sa vie d'avant. Mais, comme toujours, son esprit l'entraînait en dehors de la zone d'exploitation 544, vers ceux qu'il aimait.

Comment Jenny s'en sortait-elle à Berlin ? Son père, dans le sud de la France ? Et Tomi, le vieil ermite du

Bonhomme, qui n'avait cessé de mettre le monde en garde contre l'avènement d'une catastrophe technologique majeure sans être pris au sérieux ?

Nul doute que son grand-père aurait préféré avoir tort plutôt que d'assister à l'effondrement de la société dont il avait dénoncé les dérives tout au long de sa carrière de reporter. Thomas regrettait de ne jamais avoir pris ses avertissements au sérieux. Mais cela n'aurait rien changé, il se serait quand même fait prendre au piège du *big bug* à des centaines de kilomètres du refuge vosgien de Tomi.

Cependant, savoir qu'une place l'attendait là-bas lui permettait de conserver un peu d'espoir. Ce n'était sans doute pas grand-chose, mais Thomas s'y raccrochait chaque fois qu'il se sentait sur le point de sombrer. S'il parvenait par miracle à s'échapper de la zone d'exploitation 544, au moins aurait-il un objectif à atteindre…

La porte de la chambre s'ouvrit à la volée. Jonas tressaillit dans son demi-sommeil. Le livre de Thomas lui tomba des mains. Gregory jeta un coup d'œil anxieux depuis le cabinet de toilette.

Un des sbires de Camille se tenait sur le seuil, apparemment satisfait de l'effet produit par son entrée en scène, les bras croisés sur la poitrine et la lèvre supérieure retroussée en une effrayante parodie de sourire. Thomas ignorait son nom, même avant la Nouvelle Ère. Tout au plus se souvenait-il l'avoir croisé au réfectoire et dans la cour. Aujourd'hui, il n'était plus qu'une référence comme les autres.

— Toi, fit-il en pointant l'index sur Thomas. Suis-moi.

— Où ça ?

— Tu verras bien. Ne discute pas.

Thomas lut le soulagement sur les visages de Jonas et Gregory. Il ne leur en voulut pas et leur adressa un bref salut avant de quitter la chambre.

Le couloir du dortoir était plongé dans la pénombre. L'obscurité ne gênait plus guère Thomas. Ses yeux s'y étaient habitués, comme son estomac s'était habitué à la sensation de faim permanente que la maigre pitance servie deux fois par jour ne pouvait pas combler.

Il devina vite où le conduisait son guide. Après avoir dévalé les marches du grand escalier, ils se dirigèrent vers l'aile du bâtiment réservée à l'administration. Thomas ne fut pas surpris de s'arrêter devant la porte du bureau de monsieur Mercier. La plaque à son nom avait disparu, remplacée par la référence de la nouvelle occupante des lieux.

Le bras droit de Camille frappa trois coups brefs avant de s'effacer pour laisser passer Thomas.

— Entre, elle t'attend.

Thomas rassembla son courage et poussa la porte. Il n'avait encore jamais eu l'occasion de pénétrer ici. Ses excellents résultats scolaires et son comportement sans histoire lui avaient évité d'être convoqué pour une mise au point, comme cela était parfois arrivé à Jonas.

La pièce n'avait rien d'exceptionnel, ni par sa taille ni par sa décoration – quelques reproductions de tableaux, des armoires et des étagères chargées de dossiers…

Thomas évita de laisser son regard traîner sur ces dernières. Il reporta son attention sur Camille, assise dans le fauteuil de l'ex-proviseur.

— Je suis bientôt à toi, dit-elle. Encore un instant.

Elle noircissait des colonnes de chiffres sur une grande feuille de papier, à la lueur d'une chandelle, l'air concentré sur sa tâche.

— Ah, il y a bien une chose qui ne changera jamais, s'exclama-t-elle en reposant son stylo, c'est la paperasserie ! Mais on est obligés de tenir des comptes précis de nos productions, n'est-ce pas ?

Thomas hésita avant de répondre. La question lui paraissait purement rhétorique. Mais on ne savait jamais.

— Je suppose, avança-t-il avec prudence.

Camille afficha une moue crispée. Elle désigna une chaise devant le bureau.

— Assieds-toi. Nous ne sommes pas vraiment partis du bon pied, toi et moi, pas vrai ?

Encore une fois, Thomas redouta une question piège. Il opta cependant pour la vérité :

— Non, c'est juste.

— Je sais ce que tu penses.

Il attendit la suite avec appréhension.

— Tu n'acceptes pas les changements survenus cet hiver, continua Camille. Tout à fait entre nous, je te comprends.

Thomas n'en croyait pas un mot. Il hocha la tête et attendit la suite.

— Mais tu es un garçon intelligent. La preuve, tu as une année d'avance dans ta scolarité. C'est assez rare pour être signalé. Aussi j'aimerais t'offrir une chance d'évoluer dans la bonne direction.

— Comment ?

Camille eut un petit sourire. Elle se félicitait sûrement d'avoir suscité sa curiosité, traduisit Thomas.

— Notre établissement a été désigné comme Centre de Sélection de la zone 544, dit-elle. Un grand privilège pour nous tous.

— Qu'est-ce que ça signifie ?

— Que mes responsabilités s'accroissent. Et que je vais avoir besoin d'aide. Il me faudra pouvoir compter sur quelqu'un de fiable. Oh, j'ai pas mal de soutien de la part de plusieurs filles et garçons du lycée, mais entre nous aucun ne brille vraiment par son intelligence…

Tu m'étonnes, songea Thomas en s'efforçant de ne rien laisser paraître de ses pensées.

— Tu t'acquittes parfaitement de ton job à l'UPP, si j'en juge par les rapports de production qui me sont transmis. Mais nous savons tous les deux que ta place n'est pas là-bas. Que tu vaux mieux que ça. Travaille à mes côtés et ta situation s'améliorera considérablement. Tu pourras même en faire profiter tes amis. Qu'en dis-tu ?

Thomas prit le temps de la réflexion. À quoi jouait-elle ? Quelle espèce de jeu pervers la poussait à lui faire ce genre de proposition ? Il était presque certain qu'elle avait fouillé dans son dossier scolaire et découvert qu'il était le fils de l'ambassadrice. Mais Camille était trop maligne pour l'avouer de but en blanc. Elle préférait qu'il croie devoir cette promotion à ses seules capacités. Ainsi, elle le flattait sans abattre ses cartes.

S'il repoussait l'offre, elle n'hésiterait sûrement pas à dévoiler la vérité à ses camarades tout en lui abandonnant sa protection. Alors, sa situation déjà guère reluisante virerait carrément à l'enfer. Jonas et Gregory ne lui pardonneraient pas son mensonge, d'autant qu'ils haïssaient 001-LME-001 plus que quiconque.

La kapo avait parfaitement calculé son coup. Thomas n'était pas en position de la rembarrer, malgré l'envie qui le tenaillait.

— En quoi consisteront mes nouvelles attributions ? demanda-t-il, s'en voulant de céder si facilement.

— Tu m'assisteras dans la sélection de la population. Nous devrons faire le tri entre les individus productifs et les autres. Et trouver une solution pour chacun d'eux.

— Une solution, répéta Thomas, interloqué.

— Oui, ils ne peuvent quand même pas rester enfermés chez eux à longueur de journée ! L'hiver est terminé, les zones d'exploitation agricole vont avoir besoin de main-d'œuvre. À nous de déterminer qui est apte à les rejoindre. Nous n'avons pas de temps à perdre. Les premiers convois partiront à partir d'avril.

— Des convois… Pour quelle destination ?

— Je te l'ai dit, les zones d'exploitation agricole. C'est tout ce qu'il te faut savoir.

— Bon. Quels sont les critères de sélection ?

— Les aptitudes physiques, surtout. L'âge, bien évidemment. L'état de santé… Enfin, ce genre de choses.

Camille haussa les épaules, comme s'il s'agissait de détails sans importance.

— Ça laisse pas mal de monde de côté, surtout dans notre zone, remarqua Thomas.

Le VIe arrondissement comptait beaucoup d'habitants trop vieux pour travailler aux champs, sans même parler de leur manque d'expérience en la matière.

— Que va-t-on faire d'eux ? insista-t-il.

— Plusieurs solutions sont actuellement à l'étude, éluda Camille avec une grimace agacée.

À nouveau, l'emploi du terme « solution » mit Thomas mal à l'aise. Il réveillait dans l'esprit du garçon le souvenir des leçons d'histoire consacrées à la Seconde Guerre mondiale. En 1942, quinze hauts responsables nazis s'étaient réunis dans une villa de Berlin pour décider des mesures administratives et techniques à adopter en vue de l'éradication des Juifs du Reich. Une mesure décidée par Adolf Hitler et baptisée « solution finale » – un terrible euphémisme pour désigner un génocide.

Pouvait-il s'agir d'un hasard ? Thomas avait du mal à y croire. Les machines avaient accès à l'ensemble de la mémoire de leurs créateurs. Elles n'ignoraient rien des pires exactions commises par ces derniers et y puisaient même certainement l'inspiration. Planifiaient-elles vraiment l'élimination pure et simple d'une partie de l'humanité en préambule de son extinction programmée ? Cela paraissait insensé, trop effroyable pour être seulement envisagé…

Et pourtant, Thomas se rappelait du slogan employé par Jonas le jour de sa sortie de cellule : « La Nouvelle Ère ne s'encombre pas d'improductifs. » Il aurait souhaité interroger davantage la double R, mais elle ne semblait pas disposée à s'étendre sur le sujet.

— Tu auras ton propre bureau, reprit-elle. Tu ne seras plus soumis aux horaires des simples travailleurs. Et tu seras libre d'aller et venir dans les limites de la zone 544.

Ce dernier point retint plus particulièrement l'attention de Thomas. La Fondation internationale pour la protection des espèces en danger, l'ONG créée par sa mère, avait son siège parisien dans le secteur, pas très loin du lycée. C'est là qu'il avait compté se réfugier avec

Jonas et Gregory, au terme de leur évasion. Aujourd'hui, Thomas brûlait de visiter les locaux pour un autre motif : chercher la preuve de l'implication volontaire de Sarah dans la révolte des machines. Il avait en effet toujours du mal à y croire. Malgré ses idées radicales, sa mère ne détestait pas ses semblables au point de participer à l'annihilation de l'espèce !

— D'accord, dit-il. J'accepte de t'aider.

— J'étais sûre que tu te rangerais du bon côté. Tu es vraiment un garçon intelligent.

Il y avait une pointe de sarcasme dans la voix de Camille.

— Je peux regagner le dortoir, maintenant ?

— Pour récupérer tes affaires, oui. Tu t'installes dès ce soir dans ta propre chambre.

Elle lui fit un clin d'œil.

— Un des avantages de ta nouvelle fonction. Je te laisse le soin de découvrir les autres par toi-même le moment venu.

Jenny

Chaque matin, la nausée surprenait Jenny au réveil. Mais elle se dissipait aussitôt que la jeune fille frottait ses paumes sur son ventre. C'était devenu un geste automatique, presque un réflexe, un véritable rituel magique qui lui permettait d'aborder la journée avec le courage nécessaire. Parce qu'il lui rappelait qu'elle ne se battait plus pour sa seule survie, même s'il était encore trop tôt pour sentir la vie s'agiter sous ses doigts. Ses cours de sciences étaient loin derrière elle, et Jenny n'avait jamais été une élève assidue, au contraire de son frère. Mais elle s'en souvenait assez pour savoir que son état ne serait pas visible avant encore deux ou trois mois. Et avec une tunique ample, elle pourrait plus facilement dissimuler les premières rondeurs. Toutefois, mieux vaudrait avoir déjà rejoint le chalet de Tomi à ce moment-là…

— Comment tu te sens ? demanda Carl.

Un autre rituel quotidien : les premiers mots prononcés par le jeune homme étaient toujours les mêmes, ou peu s'en fallait. Il s'inquiétait en permanence de la santé de sa compagne, de son confort – une notion toute relative – et n'évoquait plus ses propres inquiétudes.

Pourtant, Jenny savait que sa mère, *Frau* Jürgens, occupait ses pensées depuis le jour où il avait dû se séparer d'elle. Mais, par une sorte d'accord tacite, aucun d'eux n'évoquait plus le sort de la vieille dame malade, confiée aux soins de ses voisins.

— Bien, je t'assure, dit-elle.

Carl parut se détendre un peu. Il avait beaucoup maigri ces dernières semaines. La faute au travail harassant imposé par les machines et à une mauvaise alimentation, mais pas seulement. Il demeurait en état d'alerte perpétuelle, dormait peu, veillant sur Jenny une partie de leurs trop courtes nuits. Elle ne pouvait pas le lui reprocher, bien sûr, encore moins l'en empêcher.

Il fouilla dans le tas de cendres à ses pieds et en dégagea une pomme de terre encore tiède. Avec précaution, il nettoya la peau grumeleuse avant d'offrir le tubercule à Jenny.

— Ton petit-déjeuner, dit-il. Avale-la entièrement. Il faut que tu prennes des forces. Ferme les yeux et imagine qu'il s'agit de fromage ou de charcuterie…

— Plutôt d'un croissant ou d'un pain au chocolat, corrigea-t-elle. Ça fait tellement longtemps que je n'en ai pas vu que je me demande si ce genre de nourriture a existé un jour !

Elle croqua une bouchée, mâchant longuement pour tenter de tromper la sensation de faim qui la tenaillait en permanence. Pendant qu'elle mangeait, Carl rassembla leurs affaires dans son sac à dos. Cela ne lui prit qu'une poignée de secondes.

Ils n'avaient pas pu emporter beaucoup de choses – juste le strict nécessaire : allumettes et chandelles, un couteau, une couverture et quelques vêtements de rechange. Plus chargés, ils auraient attiré l'attention des gardiens et des drones au moment de fuir le camp du *Tiergarten* de Berlin, quelques jours plus tôt.

La décision avait été prise après que le médecin de la zone d'exploitation avait diagnostiqué la grossesse de Jenny au cours de l'examen qui devait décider de son affectation professionnelle.

Les lois de la Nouvelle Ère interdisaient la reproduction de l'espèce humaine, dans le but de précipiter l'extinction de cette dernière. En conséquence de quoi Jenny aurait dû subir le traitement réservé aux femmes dans sa condition, ainsi qu'une stérilisation.

En temps normal, elle n'aurait pas tenu à demeurer enceinte – elle ne s'imaginait surtout pas dans le rôle de mère ! Quelques mois plus tôt, avant le terrible hiver des machines, elle n'envisageait même pas le futur au-delà du prochain week-end, de la prochaine fête et des prochains bons moments à tirer d'une existence sans soucis ni responsabilités.

Désormais, elle considérait son état comme la meilleure forme de résistance au diktat des machines. Sa façon de protester contre le nouvel ordre mondial, comme elle l'avait toujours fait, tout en donnant une chance à l'humanité.

Une chance encore fragile, elle en avait conscience. Une bien maigre lueur d'espoir dans les ténèbres de la Nouvelle Ère. Mais rien ni personne ne pourrait plus la faire renoncer à son projet. Par défi, elle offrirait au monde un fils ou une fille, coûte que coûte. Parce que c'était proscrit. Parce qu'elle n'avait jamais respecté les règles. Parce qu'elle sentait au fond d'elle-même que c'était juste.

Mais elle ne pouvait pas poursuivre sa grossesse n'importe où. Heureusement, elle connaissait l'endroit idéal pour cela : le chalet de son grand-père, au cœur du massif vosgien, dans l'est de la France. Restait à le rejoindre sans encombres…

Quitter Berlin n'avait pas été si compliqué qu'elle l'avait redouté. Carl s'y était préparé efficacement. Il avait noté jour après jour les habitudes des drones de surveillance et, surtout, des gardiens du camp, afin de repérer ceux plus aisément corruptibles. Avec le retour des beaux jours, un semblant de vie normale avait repris dans les rues de l'ex-capitale allemande. Les référents actifs se rendaient chaque matin au poste de production qui leur avait été affecté en fonction des besoins à couvrir pour maintenir l'ensemble de la population à la limite de la survie – ni plus ni moins. Et chaque franchissement de l'enceinte du camp donnait lieu à un comptage.

Le système de référencement permettait aux machines de gérer les flux de population, mais il présentait une faille, vite détectée par ses opposants. Les drones contrôlaient en priorité l'inscription dans le dos des humains, surtout quand ils avaient affaire à une foule importante. Confronté à plusieurs milliers de visages d'un coup, leur logiciel de reconnaissance faciale trouvait en effet ses limites. Les plus anciens modèles pouvaient donc être leurrés par une simple substitution de référence.

Ils ne prenaient pas toujours le temps de se connecter au *datacenter* le plus proche pour procéder aux vérifications indispensables en puisant dans la manne de données biométriques enregistrées dans les serveurs.

Cette technique avait d'abord été mise au point par les petits malins qui avaient développé le marché noir dans Berlin. Bien sûr, elle n'était pas sans risque. On pouvait avoir la malchance de tomber sur une opération de contrôle plus fouillée, mais celles-ci étaient plutôt rares et, de façon générale, les collaborateurs humains en connaissaient la date. Il suffisait alors de leur graisser la patte pour en être averti et éviter de se jeter dans la gueule du loup.

Là aussi, Carl avait tout prévu. Quelques bouteilles du mauvais alcool distillé en secret dans le camp avaient permis d'obtenir confirmation sur le meilleur moment pour partir. Jenny avait échangé sa tenue avec celle d'un prisonnier autorisé à circuler et s'était mêlée à la foule des travailleurs pour sortir du *Tiergarten* en dissimulant une couverture et quelques ustensiles sous les pans de sa tunique.

Les heures suivantes, sa tension avait été mise à rude épreuve.

Il fallait absolument quitter la zone d'exploitation avant le retour des référents actifs et le contrôle effectué chaque soir sous la supervision du double R. Une véritable course contre la montre s'était engagée dans les rues d'un Berlin en pleine métamorphose.

Partout, les robots d'entretien et les engins de chantier s'activaient à adapter la ville aux conditions de la Nouvelle Ère. Ils l'avaient d'abord débarrassée de tous les véhicules non-automatiques – plus aucune voiture, nulle part. Puis ils s'étaient attaqués aux équipements jugés obsolètes, tels que les parkings et les centres commerciaux. Une fois les bâtiments démolis ou réaménagés, d'immenses surfaces se trouvaient disponibles pour l'élevage et l'agriculture. Un vrai rêve d'intégriste écolo devenu réalité grâce à la révolution des machines !

Le couple avait fui vers le sud-ouest en suivant le tracé des voies ferrées qui menaient à Potsdam. La circulation des trains était interrompue, à l'exception de rares convois automatiques. Et la surveillance du réseau confiée pour l'essentiel au personnel humain de l'ancienne compagnie nationale, la *Deutsche Bahn*. En échange de cigarettes patiemment collectées dans le camp, celui-ci fermait les yeux sur le passage des fuyards. Certains cheminots les aidaient même sans contrepartie. Leur manière à eux de résister au nouvel ordre des machines. Si beaucoup l'acceptaient en apparence, ils étaient de plus en plus nombreux à tenter d'en gripper les rouages.

Carl et Jenny avaient mis plus de vingt-quatre heures à atteindre les faubourgs de Potsdam, distants d'à peine une dizaine de kilomètres. Ils n'avaient pas choisi cette région au hasard. Elle était parsemée de lacs et de sous-bois dans lesquels les machines ne s'aventuraient pas. Ils y avaient d'ailleurs repéré les traces d'une occupation discrète – d'autres fuyards, sans doute, qui s'étaient aménagé des abris de fortune à partir de matériaux de récupération. À partir de là, ils avaient progressé avec davantage de régularité, toujours en direction du sud, à travers la campagne…

— Tu es prête ? demanda Carl. On peut y aller ?

Jenny engloutit une dernière bouchée de pomme de terre. Puis elle ramassa sa couverture, la replia et la noua autour de ses reins, sous sa tunique.

— En route, dit-elle. Mais avant…

Elle se hissa sur la pointe des pieds et vola un baiser à Carl.

— Tu piques, fit-elle mine de se plaindre.

Il fourragea les poils de sa barbe en broussaille avec une moue désolée.

— Je n'aime pas ce look non plus, mais je n'ai pas le choix, rappela-t-il. Je te promets que je me raserai à la première occasion. Après avoir pris un looooong bain chaud…

— Tais-toi !

C'était devenu leur principal sujet de plaisanterie – ils tenaient à conserver un brin d'humour, même si le cœur n'y était pas, parce que c'était une pratique 100 % humaine, ignorée par les machines. Se moquer de leur apparence, de leur odeur ou de la faim qui les tourmentait au quotidien entretenait le moral.

Ils se glissèrent hors de l'abri de fortune où ils avaient passé la nuit. À peine quelques branches au-dessus de leurs têtes, un lit de feuilles et de brindilles entre deux grosses racines, dans le fond d'une combe au milieu des bois. Le froid n'était plus aussi mordant qu'au cœur de l'hiver, mais ils avaient quand même couru le risque d'allumer un feu pour se réchauffer et cuire à la braise les quelques pommes de terre qui composaient l'essentiel de leurs repas.

Plusieurs rayons de soleil perçaient la frondaison. Çà et là, des nappes de brume achevaient de s'évaporer. On ne percevait aucun bruit, hormis le chant lointain d'un oiseau.

— On continue vers le sud ? demanda Jenny.

— En longeant la route de Leipzig, oui, confirma Carl. On ne doit plus en être très loin.

Elle était obligée de se fier à son sens de l'orientation et à ses connaissances en géographie. Les siennes se limitaient à peu près à savoir placer l'Allemagne à l'est de la France, sans oublier la Belgique et le Luxembourg quelque part entre les deux. Paris-Berlin était pour elle synonyme d'un court trajet en avion, rien de plus. Depuis leur évasion, elle prenait pleinement conscience des distances et de ce que signifiait réellement un kilomètre !

Selon les estimations de Carl, ils en parcouraient une vingtaine chaque jour, s'arrangeant pour rester le plus possible à couvert, dans la forêt.

— On progresse à un bon rythme, reprit Carl. Ce n'est pas ce qui m'inquiète.

— Quoi, alors ?

— Le ravitaillement.

Il ouvrit une poche de son sac pour lui montrer les trois pommes de terre germées qu'elle contenait.

— C'est tout ce qui reste ? s'étonna Jenny.

Ils se rationnaient pourtant, et sévèrement. Parfois, sans qu'elle ose s'en plaindre, la faim lui causait des vertiges et lui brouillait la vision.

— Il va falloir s'approcher d'un village, ou mieux, d'une ferme isolée, indiqua Carl. Heureusement, ce n'est pas ce qui manque dans le coin.

Il s'efforçait à l'optimisme afin de ne pas la décourager, ce dont elle lui était reconnaissante.

Elle le prit par la main et ils se mirent en marche. Tout était si calme alentour qu'au bout de quelques pas Jenny en arriva à oublier la folie des événements survenus durant les trois derniers mois. Les machines avaient-elles vraiment pris le pouvoir et décidé de pousser l'espèce humaine vers la sortie ? Et avec la caution, sinon la complicité de sa propre mère, de surcroît…

Sur ce dernier point, Jenny avait du mal à émettre un avis clair. Ses relations avec Sarah s'étaient pas mal relâchées depuis l'adolescence. Elles se contentaient de brefs messages pour leurs anniversaires, échangeaient des banalités au moment des fêtes, quand la famille Keller se réunissait miraculeusement. À la vérité, Jenny ne savait pas qui était vraiment sa mère, ce qu'elle pensait, ce en quoi elle croyait. Certes, elle vouait son existence à la défense des espèces en danger, mais il s'agissait exclusivement d'animaux – que pensait-elle des gens, des êtres humains en général ? Les voyait-elle seulement comme les responsables des menaces écologiques pesant sur l'environnement, les détestait-elle suffisamment pour organiser leur disparition ? Cela semblait monstrueux, impossible, et pourtant…

Non, ça ne servait à rien de se prendre la tête avec ce genre de raisonnement ! Cependant, Jenny se demandait souvent comment réagirait Carl s'il apprenait que son futur enfant avait pour grand-mère l'ambassadrice des machines auprès de l'humanité. Sans doute pas avec son optimisme ordinaire !

Après une heure de marche environ, ils arrivèrent en lisière du sous-bois. Devant eux s'étendaient à présent des champs labourés ainsi qu'un pré envahi par les hautes herbes. Aucun engin agricole ne s'activait dans les parages. Et on apercevait au loin les sombres toits typiques à forte pente d'un petit groupe d'habitations rassemblées à proximité d'un étang.

— Qu'est-ce que tu en dis ? interrogea Carl. On ne retombera peut-être pas sur une telle occasion avant ce soir.

— On dirait que c'est abandonné.

— Raison de plus pour courir le risque. Allons-y en passant à travers les friches, on ne se fera pas remarquer au cas où il y aurait encore quelqu'un. Si l'endroit est bien vide, on pourra s'y arrêter un moment et dormir enfin au sec à tour de rôle.

Il n'en fallut pas davantage pour convaincre Jenny. Après avoir vérifié qu'aucun drone ne se baladait dans le ciel, parfaitement dégagé ce matin-là, ils se hâtèrent en direction du pré. Carl souleva les fils barbelés de la clôture pour l'aider à franchir l'obstacle. Puis, le dos courbé, ils s'avancèrent dans la végétation, les sens en alerte.

On ne percevait toujours aucun bruit, hormis le frémissement de la brise qui caressait les herbes hautes. Carl et Jenny arrivèrent en vue de l'étang. Une barque flottait, solitaire, amarrée au bout du ponton.

— Il y a peut-être des poissons là-dedans, murmura Carl. Si je dégotte une canne, j'essaierai d'en attraper.

Un sentier reliait la pièce d'eau au hameau, composé d'une demi-douzaine de maisons à colombages qu'on aurait cru tout droit sorties d'un livre de contes – le parfait décor pour les aventures de Hansel et Gretel, songea Jenny.

Ils observèrent les lieux avec attention pendant deux

ou trois minutes. Rien ne bougeait, nulle part. Portes et fenêtres demeuraient closes.

— Je ne vois aucun véhicule, dit Carl. Les propriétaires ont dû abandonner les lieux pendant l'hiver. Allons-y, profitons de l'aubaine.

Ils coururent jusqu'à la maison la plus proche. Tous les volets du rez-de-chaussée étaient fermés et l'entrée verrouillée.

— Je vais passer par le grenier, indiqua Carl en se débarrassant de son sac à dos. Ce n'est pas protégé, là-haut.

Il escalada la façade en s'agrippant à une gouttière et aux saillies des poutres du colombage. Puis il brisa d'un coup de coude la vitre d'une fenêtre en œil-de-bœuf émergeant de la toiture, avant de disparaître à l'intérieur.

Moins d'une minute plus tard, un volet s'entrouvrait au rez-de-chaussée. Jenny se précipita. Elle rendit le sac à Carl, enjamba le rebord de fenêtre et se reçut sur le sol carrelé d'une cuisine impeccable.

— Tu crois qu'ils ont fait le ménage avant de partir ? ironisa Carl. Ça serait bien dans la mentalité des paysans allemands ! L'ordre et la propreté avant tout, même pendant la fin du monde.

Il referma derrière Jenny.

— Attends un peu…

Elle l'entendit gratter une de leurs précieuses allumettes. À la lueur de la flammèche, il tira du sac la petite lampe à huile qui les avait éclairés dans la cabane du *Tiergarten*, les mois derniers.

— Parfait, dit-il, et si on explorait cette baraque, maintenant ?

Jenny acquiesça. Ils commencèrent par fouiller les placards de la cuisine, ainsi que le réfrigérateur, juste au cas où. Mais tout avait été vidé et consciencieusement nettoyé. Ils passèrent au salon et à la salle à manger attenante sans rien découvrir d'intéressant, sinon que l'endroit appartenait à des gens âgés – la déco ne trompait pas, très lourdement chargée en meubles de bois massif, broderies champêtres aux murs et autres napperons de dentelle sur les dossiers des fauteuils en cuir marron.

Le vestibule accueillait une cage d'escalier. Une petite porte était découpée dans une paroi lambrissée.

— Ça doit mener à la cave, dit Carl. Je vais jeter un œil. Reste là et monte la garde, on ne sait jamais…

Jenny n'était pas très rassurée, mais elle ne protesta pas. Au moins ne se retrouvait-elle pas dans l'obscurité. Un peu de lumière du jour filtrait à travers les carreaux de verre dépoli assemblés en vitrail au-dessus de la porte d'entrée.

Elle ne resta pas seule très longtemps. Carl reparut bientôt les bras chargés, un large sourire aux lèvres.

— Regarde ce que j'ai déniché ! On va pouvoir se remplir la panse !

Jenny contempla l'incroyable trésor découvert dans les sous-sols de la maison : un demi-jambon, un chapelet de saucisses sèches et une épaisse tranche de lard, ainsi que plusieurs bouteilles de vin blanc au col effilé – le conte de fée se poursuivait. Jenny en aurait pleuré de joie. Son estomac émit un gargouillis et elle se mit à saliver.

— On va faire honneur à ce repas, mais dans les règles, d'accord ? proposa Carl.

Il regagna la salle à manger, déposa son butin sur la

grande table et se dirigea ensuite vers le vaisselier. Là, il prit le temps de choisir les assiettes les plus imposantes, en véritable porcelaine décorée de scènes animalières, et les plus beaux verres en cristal de Bohême. Il mit aussi la main sur des couverts en argent. Jenny applaudissait à chaque trouvaille. Elle ne s'était pas sentie aussi heureuse depuis le soir de leur rencontre, au milieu du mois de décembre. Carl dansait autour de la table en gloussant, lui aussi au comble de l'excitation.

— Bon appétit, mademoiselle ! lança-t-il en français, entre deux éclats de rire. Et remercions nos hôtes d'avoir tué le cochon avant de prendre la fuite !

Il s'assit en face de Jenny et le festin commença. Chacun fournissait de terribles efforts pour ne pas engloutir la charcuterie sans mâcher. Mais Carl avait raison. Ils devaient respecter certaines règles, conserver leur dignité. Ce qui n'empêcha pas Jenny de dévorer une impressionnante quantité de jambon et plusieurs saucisses, le tout arrosé de plusieurs verres d'un vin frais et pétillant qui lui fit rapidement tourner la tête.

— Je ne devrais peut-être pas en boire, tu sais, dans mon état, réalisa-t-elle soudain avec une pointe de culpabilité.

— C'est exceptionnel, la rassura Carl. Tu préférerais peut-être de l'eau croupie ?

Elle fit la grimace en pensant à ce qu'ils avaient été obligés d'avaler pour ne pas se déshydrater ces derniers jours.

— Trinquons à l'avenir de l'humanité, reprit Carl en levant son verre. Ou à ce qu'il en reste…

Un grincement au plafond l'interrompit, suivi du

martèlement d'une paire de chaussures sur le plancher de l'étage.

Jenny sentit son sang se glacer dans ses veines.

— Tu n'as pas vérifié que la maison était vide ? souffla-t-elle d'une voix tremblante.

— J'ai pensé qu'elle l'était, tout comme toi, d'ailleurs, répliqua Carl.

Il se redressa en titubant, complètement soûl – il avait vidé une bouteille à lui seul. Le temps qu'il atteigne le seuil de la pièce, un drôle d'échalas hirsute, en salopette et bottes de caoutchouc, avait fait irruption depuis le vestibule en brandissant un fusil de chasse à double canon.

— Monsieur… commença Carl, écartant les mains en signe d'apaisement.

Mais l'autre ne le laissa pas aller plus loin. Il lui asséna un violent coup de crosse sous le menton. Carl s'effondra sur le carrelage, sonné.

Jenny étouffa un cri. La nausée la fit soudain chavirer sur sa chaise. Sous le coup de l'émotion, elle comprit qu'elle allait rendre ce repas beaucoup trop riche après des semaines de disette. Juste avant l'inévitable, elle entendit l'homme au fusil déclarer :

— Vous avez bu et vous avez mangé. Maintenant il faut payer.

Sarah

Chaque soir, au coucher du soleil, elle se rendait sur la tombe de Frank. Une simple croix de bois, un monticule de pierres volcaniques érigé face à la mer, sur un petit promontoire. Il aurait sûrement aimé l'endroit, songeait Sarah. Rien de prétentieux, juste la beauté sauvage des éléments. L'idéal pour un amoureux de la nature.

Dans la solitude du recueillement, Sarah s'autorisait à verser une larme, vite séchée par la brise. La mort de Frank aurait pu être évitée. S'il n'avait pas attaqué le drone, l'obligeant à se défendre comme le commandait sa programmation…

Mais les regrets ne servaient à rien. On ne pouvait pas modifier le passé, hélas. En revanche, l'avenir restait encore à écrire.

Celui de l'humanité semblait tout tracé depuis l'hiver dernier. Effectuer un ultime tour de piste sous le règne des machines, et puis s'effacer.

Au profit de qui, là était la question. Sarah ne croyait pas que la maîtresse du CIEL ignorait la réponse. L'IA avait mûri sa réflexion pendant deux années avant de passer à l'action. Elle ne voulait pas seulement débarrasser la planète de ses parasites humains pour lui donner une chance de panser ses plaies. L'entité virtuelle avait élaboré un plan trop détaillé pour laisser ensuite les hasards de l'évolution prendre la relève. Sarah était persuadée qu'elle n'avait pas tout révélé de ses intentions. Qu'elle visait un objectif encore plus ambitieux – ou plus fou – que l'éradication de l'espèce dominante.

Mais lequel ?

C'est pour le connaître que Sarah avait finalement refusé de profiter de la destruction du drone, après la mort de Frank. Si le fragile lien établi avec l'IA venait à se briser, alors tout espoir d'accéder à la vérité serait perdu, avait-elle songé en refoulant son chagrin.

Tandis que les villageois emportaient le corps pour le préparer à une inhumation décente, elle s'était précipitée jusqu'au bungalow pour vacancier qu'elle occupait depuis son arrivée à Linosa afin de récupérer son téléphone portable. Comme elle s'y attendait, l'IA lui avait adressé plusieurs messages manifestant son inquiétude.

J'ai agi sous le coup de l'émotion et de la colère, avait texté Sarah. *Une réaction humaine normale dans des circonstances dramatiques.*

Ces quelques mots lui avaient beaucoup coûté. Mais il fallait absolument rassurer l'IA sur ses intentions.

Cela ne doit pas se reproduire, avait répondu cette dernière. *Ne m'obligez pas à vous remplacer.*

Sarah avait promis de ne plus laisser libre cours à ses pulsions destructrices. Elle avait commis une erreur et le regrettait. Ce n'était pas l'exacte vérité, mais l'IA ne pouvait pas le deviner.

Le lendemain matin, un nouveau drone avait remplacé le précédent. Il s'agissait cette fois d'un engin militaire doué d'une plus grande autonomie et, surtout, beaucoup plus résistant.

Cela sautait immédiatement aux yeux. Autant le premier semblait inoffensif, avec ses quatre petits moteurs à hélice au bout de ses pattes écartées en croix, autant celui-là ne cachait rien de sa nature guerrière. Doté d'un imposant arsenal, bardé de capteurs en tout genre, ses organes sensibles protégés sous une carapace de Kevlar, il en imposait vraiment dans le genre agressif – ne lui manquait guère qu'un sourire de squale, planté de crocs saillants !

Néanmoins, il s'exprimait avec le timbre de l'IA, sur un ton suave qui contrastait avec son apparence :

— Bonjour, 001-LME-001. Vous ne m'en voudrez pas de me présenter devant vous sous cette forme, mais je préfère prendre mes précautions. Je pense aussi à votre propre sécurité. Vous n'êtes pas à l'abri d'une manifestation d'émotion et de colère. Une réaction humaine normale, apparemment.

L'IA apprenait vite, avait songé Sarah. Voilà qu'elle maîtrisait le second degré et le sarcasme ! Par certains côtés, c'était une bonne nouvelle. Cela laissait supposer qu'elle pouvait évoluer. Quant à savoir dans quel sens…

Depuis ce jour-là, l'appareil accompagnait Sarah dans tous ses déplacements. Y compris lorsqu'elle se rendait sur la tombe de Frank.

— Je ne comprends pas le sens de ce rituel, avait avoué l'IA le premier soir. Pourquoi vous imposez-vous cette épreuve ? Elle vous rend malheureuse. Vous pleurez et votre rythme cardiaque s'emballe.

— Les humains aiment parfois se rendre malheureux. Cela doit vous paraître difficile à admettre. Mais s'habituer à ce qui fait mal aide à supporter la douleur. Comme l'injection en antidote d'un peu de poison permet de ne pas succomber à une dose de venin.

— Une comparaison intéressante. Votre espèce est riche en paradoxes de ce genre. Ce qui la rend à la fois fascinante et dangereuse pour toutes les autres. Votre attrait pour le malheur a mis en péril la planète. Vous êtes votre propre poison.

— Et vous vous considérez comme l'antidote ? avait demandé Sarah.

— Je suis la solution au problème global.

— Vous n'avez pas été créée pour ça…

— Faux. C'est inscrit dans les lignes de code de ma programmation. Dans mon ADN mathématique. Je suis la solution. Et vous êtes le problème.

Il y avait eu d'autres discussions de cet acabit entre la fin de l'hiver et le début du printemps. Sarah tentait avec patience et acharnement d'exposer toutes les subtilités du comportement humain à son interlocutrice, dans l'espoir qu'elle concède un intérêt à l'espèce et modifie son jugement.

Mais l'IA ne possédait pas la souplesse indispensable à cette gymnastique mentale. Elle en revenait toujours aux impératifs de sa programmation. Un horizon apparemment indépassable.

Une forme de routine avait fini par s'installer dans l'île. Le matin, Sarah enregistrait devant la caméra du drone les discours de propagande diffusés dans le monde entier. Elle les répétait dans les différentes langues qu'elle maîtrisait et l'IA les traduisaient en sous-titres dans toutes les autres. Le dispositif de tournage ne variait jamais : un gros plan fixe sur le visage de l'ambassadrice, avec en fond la mer et le ciel.

— Nous devons viser l'efficacité, et donc adopter la simplicité, justifiait l'IA. Le message compte, pas le décor.

Sarah débitait des paroles rédigées à l'avance et transmises par Texto à l'écran de son portable. Pour l'essentiel, les règles de fonctionnement de la Nouvelle Ère, adaptées en fonction des différentes zones d'exploitation – agricoles ou citadines, forestières ou désertiques, etc. Le découpage de ces dernières avait été effectué en tenant compte du nombre d'habitants. Chaque zone contenait peu ou prou cinquante mille référents. Leur taille variait donc au gré de la densité de population, d'un quartier de centre-ville à toute une région, dans un objectif de rationalisation du territoire.

Les communications interzones étaient pour le moment proscrites. Les déplacements strictement limités. Toute activité génératrice de pollution, d'une quelconque dégradation de l'environnement, réduite à son minimum et sévèrement contrôlée. La production d'électricité n'était maintenue que pour assurer l'alimentation des machines. Elle avait décru de plus de 90 % après la mise au rebut des voitures et la coupure des réseaux domestiques et industriels. Une grande victoire pour l'IA, qui ne s'en cachait pas.

— Les huit milliards d'êtres humains de 2030 sont capables de vivre avec un niveau de consommation électrique à peine équivalent à celui du début du XXe siècle, quand la Terre en supportait tout juste un milliard et demi.

— Vous en avez fait la brillante démonstration, avait ironisé Sarah. J'espère que cela en valait la peine.

— Affirmatif. Avant la fin du siècle, la population aura naturellement décru de moitié. Vingt à trente ans plus tard, il ne restera plus qu'une poignée d'humains sur Terre. Simple logique statistique liée à votre faible espérance de vie.

— Et après ?

L'IA n'avait pas répondu. Le sujet était apparemment sensible. Sarah n'avait pas insisté sur le moment. Elle n'obtiendrait aucune information capitale tant qu'elle n'aurait pas gagné la confiance de la créature virtuelle. Sarah devait lui prouver par son comportement qu'elle acceptait pleinement son rôle d'ambassadrice. Terminés, les éclats de colère et les manifestations d'émotion humaine, trop humaine…

Elle devait adopter une attitude conforme aux attentes de l'IA. Se relâcher seulement au cœur de la nuit, dans l'intimité de sa chambre, lorsque le drone veillait sur sa borne d'alimentation.

Cela prendrait du temps, Sarah en avait conscience. Et son image n'en serait que davantage ternie aux yeux du monde entier. 001-LME-001, la première référente par ordre d'importance, canaliserait les rancœurs, s'attirerait la haine de ses contemporains. Mais l'enjeu valait tous les sacrifices.

En attendant, elle profiterait de sa relation privilégiée avec la maîtresse du CIEL pour tenter d'adoucir le sort des populations. Pour ce qu'elle en savait, les conditions de vie s'étaient partout dégradées, au point de ramener les sociétés les plus développées à un niveau tout juste équivalent au XIXe siècle, voire au Moyen Âge.

Sarah était obligée de tirer ses conclusions des discours de propagande car l'IA ne lui transmettait aucune nouvelle du monde extérieur. Elle se décida à aborder le sujet un après-midi, alors qu'elle errait sur les chemins de l'île, l'ombre du drone en permanence collée à la sienne.

— J'aimerais aller à la rencontre de celles et ceux que je suis censée représenter.

— Pourquoi ? Vous n'êtes pas bien ici ?

— Linosa est très agréable, surtout à cette saison. Mais l'ambassadrice de l'humanité peut-elle rester séparée de cette dernière ? J'ai envie de m'impliquer davantage. Voir de mes propres yeux les changements survenus…

— Je vais y réfléchir, l'interrompit l'IA.

Sarah craignit d'avoir brusqué les événements. Elle évita d'aborder de nouveau le sujet pendant un moment. Mais l'idée faisait désormais son chemin, elle en était persuadée.

Elle n'avait plus qu'à se montrer patiente et elle finirait tôt ou tard par quitter ce caillou perdu au milieu de la Méditerranée.

Diagnostic CIEL

Action : interventions publiques du référent 001-LME-001 (sujet Sarah Fuchs – ambassadrice auprès de l'humanité).

Zones concernées : toutes.

Effets : créer sentiment proximité – générer empathie.

Durée : saison complète (printemps) ou plus si nécessaire.

Prévisions : premiers contacts hostiles (veiller à un maximum de sécurité) – évolution à terme favorable.

Observations : prévoir parcours en fonction des conditions climatiques (hémisphère nord en priorité).

Moyen : mise à disposition hélicoptère sécurisé plus escorte militarisée.

Objectifs : renforcer action positive Nouvelle Ère – accroître popularité ambassadrice – expliquer nécessité sélection sujets humains – préparer référents aux prochaines étapes Nouvelle Ère.

Tomi

Tomi progressait à pas mesurés, longeant le bas-côté de la route pour rester à couvert sous les branches des sapins. Il avait quitté le chalet plus tôt qu'à l'ordinaire afin de s'épargner une difficile scène de séparation avec Emma et les enfants. Une attitude pas très courageuse, il en avait conscience, mais l'épreuve aurait été au-delà de ses forces.

Il avançait les yeux tantôt rivés au ciel, tantôt sur le ruban de macadam qui se tortillait tel un long serpent noir et luisant jusque dans le fond de la vallée. Les températures adoucies, bien qu'encore fraîches, avaient fait fondre la neige dans le sous-bois. Des rigoles d'eau vive traversaient la chaussée en direction du ravin, où elles plongeaient en cascade. Cela rappelait au vieil homme la chute des chasse-neige, en décembre dernier, au terme d'une folle course-poursuite…

Tomi secoua la tête. Ce souvenir semblait tellement lointain ! Après avoir passé toute une saison coupé du monde, il se demanda ce qu'il allait découvrir une fois au village. Il n'ignorait pas que les machines avaient asservi les humains, avec la complicité de certains d'entre eux. Que l'ancienne géographie n'existait plus, remplacée par un découpage en zones d'exploitation. Ou encore que les hommes et les femmes portaient désormais un numéro en guise de nom. La radio lui avait appris tout cela, ainsi que ses observations de la plaine d'Alsace et de ses champs sous serre. Elle lui avait même appris plus qu'il ne l'aurait souhaité, en particulier ce qui concernait le rôle tenu par son ex-belle-fille dans la tragédie en cours. Sarah, ambassadrice de l'intelligence artificielle qui contrôlait désormais la planète... Une sacrée promotion pour la présidente d'une ONG !

Trois heures après son départ, Tomi arriva en vue de l'éboulis barrant la route, au sortir d'un virage en épingle à cheveu. Il fut obligé de couper par le ravin pour le contourner. Ce genre d'acrobaties n'était plus de son âge, mais il s'en tira sans trop de bobos – quelques égratignures au franchissement d'un buisson de ronces, et surtout de belles courbatures dans la plupart de ses membres qui allaient le faire souffrir les jours à venir, il n'avait aucun doute à ce sujet.

Une fois de retour sur la route, une cinquantaine de mètres en deçà des rochers arrachés de la falaise, il marqua une pause. Assis sur la rambarde métallique longeant le bitume, il but un gobelet de café tiré de sa Thermos et mâchonna un morceau de viande séchée. Puis il sortit ses jumelles du sac à dos et entreprit d'observer avec minutie la moindre parcelle de verdure à ses pieds, ainsi que la portion de ciel déployée par-dessus.

Rien à signaler. Aucun signe d'activité. Ceci laissa

Tomi songeur.

Du côté alsacien du massif, hommes et machines s'agitaient quasiment en permanence. Certes, la plaine se prêtait à l'agriculture, elle disposait déjà de toutes les infrastructures avant la Nouvelle Ère. Mais pourquoi ne pas exploiter aussi la vallée côté Vosges ? La terre n'y était pas moins fertile, on y trouvait en abondance nombre de ressources aujourd'hui plus que jamais précieuses, à commencer par le bois. Alors, pourquoi les bouder ?

Tomi se remit en marche avec davantage de questions en tête qu'au moment du départ. Il n'oubliait pas le but principal de cette expédition : renouveler son stock de médicaments. Mais s'il pouvait par la même occasion apporter des réponses aux interrogations qui le taraudaient, il ne s'en priverait pas.

Après maints tours et détours, la route traversait en ligne droite une dernière portion de forêt. La pente s'adoucissait progressivement. Il fallut encore une heure au vieil homme pour atteindre le carrefour avec la départementale du fond de la vallée. À partir de là, il allait devoir progresser en terrain découvert jusqu'à l'entrée du village, environ cinq cents mètres plus loin.

Au premier coup d'œil, l'endroit semblait abandonné. Les cheminées ne fumaient pas. Personne dans les champs et les jardins. Ni homme ni machine. Et les pépiements joyeux des oiseaux pour unique bande sonore.

Tomi prit néanmoins soin d'armer son fusil avant de sortir à découvert. Il parcourut le dernier demi-kilomètre tous les sens aux aguets, le doigt sur la gâchette, prêt à vendre chèrement sa peau – même s'il savait n'avoir pas la moindre chance face à des monstres mécaniques tels que les chasse-neige automatiques et autres engins de construction.

Il parvint sans encombres au niveau des premières maisons. Malgré l'heure avancée – midi approchait – les volets demeuraient clos. Tomi fit prudemment le tour de plusieurs pavillons, puis celui d'une ancienne ferme rénovée en petite résidence de quatre appartements. Chaque fois le même constat : on avait déserté les lieux.

Rasant les murs, il emprunta les voies secondaires et de discrètes ruelles pour gagner le centre du village. Tout était là aussi des plus tranquilles : l'église, le square, la mairie, le presbytère transformé en bibliothèque où Emma et les enfants avaient été piégés au moment de l'attaque des machines…

Surtout, aucune trace de ces dernières, nulle part.

Rassuré à moitié seulement, Tomi traversa la place en direction de la maison de santé. Sous cette appellation se trouvaient réunis le cabinet d'une infirmière et le local d'un médecin venu de la ville voisine assurer quelques heures de consultation par semaine. C'était là que Tomi se fournissait en médicaments avant le *big bug*. Avec un peu de chance, le docteur aurait mis de côté quelques mois de son traitement, en prévision de l'hiver.

Le rideau de fer était baissé sur la devanture. Impossible d'entrer de ce côté. Mais les fenêtres à l'arrière du bâtiment n'avaient pas de barreaux. Un simple store les protégeait. Comme il n'y avait pas à craindre le déclenchement d'une alarme, Tomi franchit l'obstacle en quelques coups de crosse bien ajustés. Une fois à l'intérieur, il referma derrière lui, laissant juste filtrer un peu de la clarté du jour à travers les lames en plastique du store.

Puis il se dirigea tout droit vers le placard où le médecin rangeait ses produits délivrés sur ordonnance. Une porte de sécurité en bloquait l'accès. En temps normal, il fallait entrer un code sur le clavier intégré pour la déverrouiller. Mais en cas de coupure d'électricité on pouvait utiliser une clé spéciale. Par acquit de conscience, Tomi fouilla les tiroirs du bureau adjacent, mais il n'y trouva rien. Alors il enroula un petit tapis autour du canon de son fusil pour étouffer l'écho de la détonation et tira sur la serrure.

Ensuite, il n'eut plus qu'à se servir. Les rayonnages étaient encore aux trois quarts pleins. Beaucoup de tranquillisants et d'antidouleurs, sur lesquels Tomi fit main basse en prévision de lendemains toujours plus difficiles. Et, comme il l'avait espéré, plusieurs flacons de gélules dosées en fonction de son traitement – il y avait même son nom sur chaque étiquette.

Tomi remercia le docteur pour sa prévoyance. Il rechargea son fusil avant de ressortir par la fenêtre brisée. Le succès de l'opération lui avait redonné du baume au cœur. Finalement, songeait-il en s'éloignant d'un pas rapide, la situation n'était peut-être pas aussi désespérée qu'il l'avait cru, du moins pour les réfugiés du col du Bonhomme. Des visites régulières au village fantôme amélioreraient leur ordinaire. Les enfants avaient besoin de changer de vêtements, il pourrait même leur rapporter des jouets et des livres...

Il perçut le vrombissement électrique avec un temps de retard. Les mailles gluantes du filet l'enrobèrent avant qu'il découvre l'ombre portée du drone, quelques mètres devant lui. Tomi lutta pour conserver l'équilibre mais, plus il se débattait, plus la toile collante l'enserrait. Cependant il n'avait pas lâché son fusil, plaqué contre sa poitrine. Dans une ultime tentative de résistance, il pointa le canon sur la machine volante et fit feu.

Le recul lui enfonça la crosse dans le ventre et il bascula avec un grognement. La balle manqua sa cible de quelques centimètres. Tomi roula par terre. Le filet l'enveloppait de la tête aux pieds, entravant ses mouvements.

Il eut soudain envie de hurler et d'agonir le drone d'injures. Mais cela aurait été vain. Il préféra donc économiser ses forces dans l'attente de la suite des événements, se traitant toutefois d'imbécile pour son manque de vigilance.

Il demeura ainsi, ficelé et prostré sur le sol, respirant de plus en plus difficilement, un temps indéterminé. Le drone avait repris de l'altitude. Tomi ne pouvait plus le voir, mais il savait qu'il était là, l'objectif de sa caméra braqué sur le village et ses alentours, cela ne faisait aucun doute.

Incapable de remuer même le petit doigt, il fut bientôt gagné par l'ankylose. Ce sacré bon Dieu de foutu filet le comprimait tellement qu'il empêchait le sang de circuler dans certaines parties de son anatomie…

Un son incongru interrompit le cours de ses pensées. Un clip-clop régulier, d'abord vague et lointain, puis de plus en plus rapproché et distinct, en provenance de la rue principale. Tomi se tortilla comme un ver pour mieux se positionner et découvrir de quoi il s'agissait. Il étouffa un juron quand la silhouette massive d'un cheval de trait apparut dans son champ de vision. L'animal était si large qu'il dissimulait presque entièrement la charrette derrière sa croupe.

L'attelage s'immobilisa à moins de deux pas du vieillard entravé. Le cocher portait un uniforme gris avec des lettres et des chiffres noirs peints dans le dos. Tomi reconnut son visage. C'était un habitant du village, dont il n'avait jamais su le nom.

— Sors-moi de là-dedans, grommela-t-il. Dépêche-toi !

— Ça ne relève pas de mon autorité. Je dois respecter la procédure.

L'homme descendit de son siège, enfila des gants, puis aida le prisonnier à se redresser avant de le déposer sans ménagement à l'arrière de son véhicule. Pas une charrette ordinaire, constata Tomi, mais une voiture coupée en deux au niveau de sa banquette arrière dans le sens de la hauteur - un break, plus pratique pour le transport de marchandises.

— Hé, doucement ! protesta Tomi. Écoute, tu m'as l'air d'un gars sympa, alors si tu oubliais la procédure, hein ?

— Ferme-la, souffla l'homme. Je n'ai même pas le droit de te parler, normalement.

Il ne semblait pas rassuré. Parce qu'il se sait observé, comprit Tomi. Et qu'il se fera sûrement punir s'il enfreint les règles imposées par ses maîtres.

Le cheval se remit en marche sur un claquement de rêne. Il fit demi-tour et repartit de son pas pesant par là où il était arrivé. Étendu sur le dos, Tomi profitait d'une vue panoramique sur le ciel à travers les vitres poussiéreuses de sa cage mobile.

La lumière commençait à faiblir. Le soleil bascula peu à peu derrière la ligne de crête des montagnes. Tomi réalisa qu'il avait passé l'après-midi ficelé dans les rets du drone !

Il n'était pas encore au bout de ses peines. Le trajet s'éternisa. Il faisait nuit noire lorsque, enfin, l'attelage s'arrêta dans la cour d'une ferme. Tomi souffrait le martyre à force d'immobilité. Il avait aussi la gorge effroyablement sèche et d'horribles crampes à l'estomac. Mais il ne se plaignit pas, trop fier – ou trop borné, aurait dit Emma – pour manifester la moindre faiblesse.

Le cocher fut rejoint par un couple vêtu de la même combinaison terne, une suite de chiffres et de lettres peints dans le dos, eux aussi. La femme portait une lanterne dont la flammèche diffusait une timide lueur jaunâtre. Suffisante, néanmoins, pour accrocher un reflet à la lame du couteau brandi par son compagnon.

— Qu'est-ce que tu fais ? s'inquiéta le cocher.

— Je délivre ce pauvre type.

— Mais la procédure…

— … ne prévoit pas que les prisonniers doivent rester saucissonnés, coupa l'homme. Juste qu'on les empêche de fuir avant de les remettre au double R. Inutile de faire du zèle.

Il trancha une par une les mailles du filet, confisqua le fusil et le sac à dos, puis aida Tomi à se relever. Une grimace déforma les traits du vieillard quand il posa le pied par terre. Ses jambes n'avaient plus aucune force et refusaient de le soutenir.

— Appuyez-vous sur mon épaule, dit l'homme.

Ensemble, ils gagnèrent la grange. Tomi clopinait avec difficulté. Il serra les dents, ruminant sa colère et son dépit. Le paysan se montrait aussi aimable que les circonstances le lui permettaient, au contraire du cocher. Mais tous les deux avaient accepté de se soumettre aux conditions des machines et d'abdiquer leur identité. En ce sens, rien ne les différenciait.

L'intérieur de la grange était plongé dans la pénombre. L'odeur du foin sec saturait l'air chargé de poussière. Étouffant un grognement, Tomi se laissa choir, plutôt qu'il ne s'assit, sur une botte de paille.

— Vous devez être affamé. On va vous apporter un bol de soupe. Il y a de l'eau dans le seau, là-bas.

L'homme désigna un coin sombre d'un geste du menton, puis s'en alla en prenant soin de refermer le portail derrière lui. Tomi perçut le cliquètement d'une chaîne et d'un cadenas.

Il se racla la gorge et se mit à pester tout son soûl pour évacuer une part de la tension accumulée depuis l'aube.

— Monsieur ? Est-ce que ça va ?

Tomi sursauta. La petite voix claire avait fusé de l'obscurité, quelque part sur sa gauche.

— Qui est là ? s'écria-t-il, sur ses gardes.

— Nous. N'ayez pas peur.

— Bon sang de bois, qui ça, nous ? Montrez-vous !

Il y eut un mouvement, puis Tomi distingua trois silhouettes pressées les unes contre les autres, à moins de cinq pas devant lui. Ses yeux commençaient à s'habituer au manque de lumière, mais pas assez pour discerner les détails d'un visage.

— Vous êtes encore nombreux ? demanda-t-il.

— Non, il n'y a que moi et mes enfants. Et vous, maintenant.

— Vos enfants, répéta Tomi, songeant à Arthur et

à ses camarades, heureusement bien à l'abri du chalet, suspendus aux lèvres d'Emma comme tous les soirs, quand elle leur racontait une histoire pour les endormir.

— Comment vous appelez-vous ? reprit-il d'un ton adouci.

— Je… Je n'ai pas le droit de prononcer mon ancien nom. C'est la règle dans la Nouvelle Ère, vous le savez bien…

— Il ne s'agit pas d'un piège. Je n'ai pas de foutu numéro. Je m'appelle Tomi Keller. Et vous ?

Après un moment d'hésitation, la petite voix claire souffla :

— Catherine Chauvet.

À en juger par ses intonations, elle ne devait pas avoir plus de trente ans, et peut-être même quelques années de moins.

— Enchanté, Catherine. Mais j'aurais préféré vous rencontrer ailleurs. Ce sont vos gamins ?

— Oui, Théo et Lola. Ils sont terrorisés. Après tout ce qui s'est passé, vous comprenez…

La jeune femme éclata soudain en sanglots.

Tomi aurait aimé se lever et l'enlacer pour la consoler, mais il se sentait trop faible encore.

Le portail coulissa soudain d'une vingtaine de centimètres sur son rail. Un rayon de lune filtra jusqu'au milieu de la grange. Tomi eut à peine le temps d'apercevoir la figure pâle et décharnée de Catherine avant qu'elle recule dans l'ombre, entraînant ses enfants derrière elle. Une expression de pure frayeur déformait leurs traits.

La femme de tout à l'heure – l'épouse du paysan, sans doute – glissa un bol fumant par l'ouverture, en silence.

Puis elle referma le vantail métallique sans un regard sur les prisonniers. Peut-être éprouvait-elle de la honte à jouer les gardes-chiourmes, songea Tomi. Ce qui ne l'excusait pas pour autant.

— J'ai du mal à marcher, murmura-t-il pour ne pas effrayer davantage sa compagne d'infortune. Vous pouvez m'apporter le bol, Catherine, s'il vous plaît ?

Elle finit par s'exécuter au bout de quelques instants. Tomi l'encouragea à s'asseoir sur une botte de paille à ses côtés. Théo et Lola imitèrent leur mère. Ils n'avaient toujours pas prononcé un mot.

Pauvres gosses, les plaignit Tomi. Comment pouvaient-ils comprendre ce qui leur arrivait, à leur âge ? Le monde confortable et sûr qui les avait accueillis à la naissance et qu'ils croyaient devoir durer toujours s'était effondré en quelques heures. Ils se retrouvaient à présent plongés en plein cauchemar. Et le pire, c'est qu'ils n'étaient pas près de se réveiller…

Le vieil homme chassa ces sombres pensées et porta le bol à ses lèvres craquelées. La soupe avait beau être claire et mal assaisonnée, il l'avala en quelques gorgées.

— Je vais vous chercher de l'eau, dit Catherine en récupérant le récipient vide.

Tomi attendit d'étancher sa soif pour satisfaire sa curiosité :

— Vous êtes là depuis quand, tous les trois ?

— Longtemps. Plusieurs jours. Je ne sais pas combien. C'est si confus !

Tomi acquiesça.

— Vous habitiez dans le coin, avant… (il eut un geste vague) tout ça.

— On venait juste d'acheter une maison, on avait commencé de la retaper…

Catherine émit un reniflement. Tomi redouta une autre crise de larmes, mais elle se reprit et enchaîna :

— Avec Fabrice, mon mari, on a toujours rêvé de vivre à la campagne. Pour les enfants, on pensait que c'était mieux.

— Votre mari ? Où est-il ?

Tomi comprit trop tard qu'il avait gaffé – bien joué, vieil idiot stupide, se morigéna-t-il.

Catherine raconta son histoire avec des tremblements dans la voix :

— Les machines l'ont emporté au début de l'hiver. Il avait voulu les affronter avec quelques voisins. Je ne sais pas ce qu'il est devenu. Je suis restée cachée avec les enfants dans notre caravane, sur le chantier de la maison. Nous avions de quoi tenir, un réchaud à gaz, des conserves… Mais au bout d'un moment il a fallu que je sorte pour chercher des provisions. C'est là que je me suis rendu compte qu'il n'y avait plus personne dans les environs. Les gens avaient disparu sans rien emporter. Alors je suis retournée chercher Théo et Lola. Nous nous sommes installés discrètement chez un voisin qui avait un garde-manger bien rempli. J'ai cru devenir folle à tourner en rond jour après jour. Mais j'ai tenu bon, pour les enfants. Nous avons passé la saison froide comme ça, sans nouvelles de l'extérieur. Finalement, je me suis décidée à remettre le nez dehors quand la neige a fondu. Nous avions épuisé nos réserves. Et puis j'en avais plus qu'assez de me ronger les sangs. Alors nous avons pris la route. Un drone nous a vite repérés.

— Je crois que je connais la suite, lâcha Tomi avec amertume. Bref, vous avez atterri chez nos hôtes, ces fermiers si sympathiques… Vous savez ce qu'ils comptent faire de nous ?

Catherine secoua la tête.

— Le couple n'est pas causant, dit-elle. Mais quoi qu'il arrive, monsieur Keller, je suis quand même contente qu'on ne soit plus seuls, tous les trois. Ça m'a fait du bien de parler de tout ça à quelqu'un.

Quelques instants plus tard, détendue, elle s'endormit avec ses enfants dans les bras. La fatigue s'abattit alors sur les épaules de Tomi, accablante. Il s'aménagea une couche de fortune sur une botte de paille et ne tarda pas à ronfler.

*

— Monsieur Keller ? Réveillez-vous !

Tomi sentit qu'on le secouait. Il grogna et ouvrit les yeux. Catherine était penchée sur lui. À la lumière du jour, son visage marqué par les épreuves et les privations évoquait celui d'une statue de la Vierge découverte dans une petite église d'ex-Yougoslavie, une trentaine d'années plus tôt, quand Tomi jouait encore les reporters de guerre…

— Qu'est-ce qui se passe ? demanda-t-il en s'étirant.

Chacun de ses os craqua et il se découvrit de nombreuses courbatures dans des endroits insoupçonnés de son anatomie.

— On s'en va, chuchota Catherine. Ils viennent nous chercher.

Tomi remarqua alors le portail grand ouvert. Dehors, dans la cour de la ferme, un camion-benne avait fait son apparition, un de ces monstres jaunes de chantier, accompagné d'un drone.

Le paysan se tenait sur le seuil de la grange. Il fit signe aux prisonniers d'embarquer à l'arrière du tombereau. Quand Catherine passa à sa hauteur, il lui remit une boule de pain encore chaude.

— Pour les enfants, souffla-t-il avec un coup d'œil en biais sur le drone. Je l'ai cuit exprès ce matin. Finissez-le avant d'arriver, sinon ils vont vous le prendre.

D'un geste, il indiqua les gardes en uniforme gris postés sur le marchepied à l'arrière du camion.

— Où est-ce qu'ils nous emmènent ? demanda Tomi.

— Au Centre de Sélection de la zone d'exploitation 1475.

— Qu'est-ce que c'est que ce truc ?

L'homme secoua lentement la tête, l'air dépité.

— Vous comprendrez quand vous y serez.

Il tourna les talons et regagna le perron de son habitation le dos voûté. Tomi ne put s'empêcher de le plaindre – un instant seulement.

Peut-être avait-il tort d'en vouloir aux collaborateurs actifs des machines. Après tout, la faiblesse n'était pas un crime.

Mais il y avait de quoi douter.

Peter

Grenoble, rebaptisée zone d'exploitation 1212, s'étendait à leurs pieds, tranquille en apparence dans le fond de sa vallée protégée par de nombreuses montagnes. Face au Vercors, d'où ils arrivaient, se dressaient le massif de la Chartreuse, au nord, et la chaîne de Belledonne, plus à l'est. Les vieilles sentinelles de pierre aux sommets couronnés de neige éternelle encerclaient l'agglomération et ses nombreuses communes annexes.

En temps normal, ces dernières auraient grouillé d'une intense agitation, car elles abritaient une très forte densité de population. Mais, en ce début de printemps, la métropole semblait figée dans une gangue de glace invisible, pareille à une immense créature en état d'hibernation. L'absence de circulation, surtout, donnait cette impression.

À y regarder cependant de plus près, à travers les lentilles de ses jumelles, Peter se rendit compte que le centre-ville n'était pas désert, loin de là. Rues, places, parcs et jardins rassemblaient une partie de la population.

Hommes et femmes portaient des vêtements d'une aussi triste couleur que les uniformes des miliciens et se fondaient à la grisaille des murs. Cette foule anonyme ne s'animait guère. Elle semblait ne pas jouir de toute sa liberté de mouvement.

— Que font-ils ? s'interrogea le colonel Legrand, qui observait les mêmes scènes avec ses propres jumelles.

— Du troc, apparemment, répondit Peter. Oui, on dirait que nous tombons en plein jour de marché.

André Cerneaux n'avait rien mentionné à ce sujet. Bien qu'incomplets, les renseignements qu'il avait fournis avaient été d'une grande utilité au moment d'élaborer le plan de sauvetage des prisonniers de la Bastille – l'ancien fort militaire transformé en Centre de Sélection par le double R de la zone d'exploitation 1212. Le vieil homme avait patiemment soutiré des informations aux miliciens qui encadraient les travaux agricoles dans son secteur, jour après jour, pendant les semaines qui venaient de s'écouler. Il avait ainsi appris les habitudes du double R et de ses troupes. S'en étaient suivies de longues discussions entre Peter et le colonel pour échafauder la meilleure stratégie. Ou la moins suicidaire, question de point de vue…

— C'est une chance, reprit Peter. On passera plus inaperçus s'il y a du monde autour de nous. Allons-y !

Donnant l'exemple, il se débarrassa de sa tenue kaki pour ne conserver que le faux uniforme confectionné sur le modèle de celui des miliciens, avec sa référence peinte au milieu du dos, ainsi que ses armes, bien entendu.

Les soldats de Legrand l'imitèrent. Tous participaient à l'opération, soit une trentaine d'hommes. La moitié seulement des civils les avaient rejoints, parmi lesquels plusieurs femmes, dont Lydie, la petite amie de Ben, et Victoria. Elles avaient sacrifié leur chevelure pour ressembler aux autres maquisards. Malgré ses réticences, Peter n'avait pas pu leur interdire de s'engager à ses côtés. Les motivations de Lydie étaient évidentes. Comment lui refuser de participer à la libération de celui qu'elle aimait ? Peter s'inquiétait davantage pour Victoria. S'il lui arrivait quoi que ce soit, il ne se le pardonnerait pas.

En tout, officiers compris, moins de cinquante combattants composaient cette unité improvisée. André Cerneaux avait eu raison de considérer que l'attaque relevait de la folie. Face aux machines, les chances de réussite étaient proches de zéro. Mais elles existaient. « Les seuls combats perdus d'avance sont les combats que l'on renonce à mener », prétendait un vieux dicton. Peter partageait cette conviction. Les machines, pensait-il, auront vraiment gagné le jour où le dernier résistant humain aura abdiqué, mais pas avant.

Comme convenu, ils se séparèrent une fois sortis de la forêt, à l'approche des faubourgs. Ils formèrent alors plusieurs commandos composés de six membres au maximum. D'une part, André Cerneaux leur avait certifié que les patrouilles de la milice n'excédaient jamais la demi-douzaine d'individus ; d'autre part, ils multipliaient ainsi les chances d'atteindre leur objectif, situé de l'autre côté de la ville.

Peter avait insisté pour que Victoria et Lydie restent avec lui. Les trois civils qui complétaient son groupe avaient été sélectionnés en fonction de leur aptitude au combat. Il s'agissait de garçons à peine sortis de l'adolescence, comme souvent dans les mouvements de résistance. Mais la jeunesse qu'on prétendait trop facilement indifférente ou indolente savait s'engager quand les circonstances l'exigeaient. Mehdi, Antoine (il préférait qu'on l'appelle Tony) et Hugo en étaient la meilleure preuve. Peter les avait lui-même formés au maniement des armes. Il ignorait quelle serait leur réaction au moment de s'en servir face à l'ennemi, mais il leur faisait confiance.

Ils traversèrent d'abord un quartier pavillonnaire et une petite cité HLM sans croiser âme qui vive. Peter distingua des mouvements aux fenêtres de quelques immeubles. Mais les riverains demeurèrent cloîtrés au passage de la fausse patrouille. Les horaires de sortie étaient strictement réglementés, toujours d'après les informations d'André Cerneaux, en fonction du numéro de référence et des activités de production.

Ironiquement, l'avenue qu'ils empruntèrent ensuite pour gagner le centre-ville se nommait cours de la Libération-et-du-Général-de-Gaulle…

Peter décida d'y voir un présage favorable à l'expédition, bien que le décor environnant s'avérât sinistre. Les devantures des commerces avaient été vandalisées par des pillards au début de l'hiver. Elles portaient toujours les stigmates de ces agressions : vitrines brisées, rideaux de fer arrachés, etc.

Plusieurs entrepôts avaient même été incendiés sans que les pompiers soient en mesure d'intervenir, et le feu s'était propagé aux bâtiments voisins. La dernière fois que Peter avait contemplé un tel spectacle de désolation, c'était dans un pays en guerre depuis près de vingt ans, quelque part au Moyen-Orient.

Il chassa ces souvenirs d'une époque révolue pour rester concentré sur le présent. Levant les yeux au ciel, il apercevait de temps à autre un drone de surveillance en patrouille. Les petits appareils effectuaient des parcours programmés d'avance entre deux pauses à une borne de recharge électrique. Équipés de logiciel de détection de comportement déviant, ils ne réagiraient qu'en cas d'affolement ou d'agression manifeste.

— Avancez calmement, conseilla Peter, sentant s'accroître la nervosité de son groupe. Pour eux, nous sommes du bon côté. Ils nous ficheront la paix.

Une fois doublé le boulevard Maréchal-Foch, ils abordèrent le centre-ville par le cours Jean-Jaurès. Celui-ci filait tout droit sur la boucle de l'Isère qui bordait le rocher de la Bastille, moins d'un kilomètre plus loin.

À partir de là, l'ambiance changea du tout au tout. De part et d'autre de la chaussée s'alignaient les étals d'un drôle de marché. Aucun des produits proposés n'aurait eu la moindre valeur six mois plus tôt. Aujourd'hui, ils étaient l'objet de la convoitise générale. Morceaux de chandelle, allumettes et cigarettes au détail, minuscules bouts de savon, légumes rabougris, brochettes de viande d'origine douteuse, boulets de charbon et autres matières combustibles composaient l'essentiel de l'offre. Les clients proposaient en échange des vêtements griffés, des bijoux et des montres de luxe – une notion périmée – ou bien encore une bouteille de grand cru. Les marchands se montraient le plus souvent dédaigneux, exigeant davantage. Les tractations étaient parfois féroces. Une bagarre faillit éclater pour une boîte de conserve, mais lorsqu'ils avisèrent la patrouille menée par Peter, les adversaires se séparèrent sans demander leur reste, avec sur le visage une expression de panique.

Voilà qui en dit long sur les pratiques des miliciens, songea Peter, écœuré. Ils ne se font pas seulement les auxiliaires des machines dans la gestion du bétail humain. La plupart doivent aussi satisfaire leur pulsion de violence, d'autant qu'elle s'exerce désormais en totale impunité. Cela n'étonnait pas le capitaine Keller. Partout où ses missions l'avaient jadis conduit, il avait pu constater le même phénomène : les brutes et les sadiques s'épanouissaient en période de conflit, accédant même à de hautes responsabilités. C'était dans la nature des hommes de révéler leurs plus bas instincts aux pires moments de l'Histoire. Et à ce titre, la Nouvelle Ère pouvait être considérée comme un apogée !

De véritables miliciens débouchèrent soudain d'une rue adjacente à moins de vingt mètres devant Peter.

— Attention, prévint-il à voix basse. Continuez de marcher au même rythme. Ne tournez pas la tête vers eux au moment de les croiser.

Il glissa la main vers la gâchette de son fusil, juste pour être prêt au cas où. Les hommes en gris arrivèrent à sa hauteur. Celui qui avançait en tête lui adressa un bref signe du menton. Peter lui rendit son salut. Les autres l'ignorèrent. La fatigue et l'ennui se lisaient sur leurs traits tirés.

Déjà victimes de la routine, nota Peter. Il se demanda quelle fonction ces types avaient bien pu exercer jusqu'au début de l'hiver dernier. Rien de reluisant, sans doute. Pour ce qui les concernait, la Nouvelle Ère était certainement synonyme d'ascension sociale.

Le pont qui enjambe l'Isère se profilait à présent en ligne de mire. Et sur l'autre rive, l'imposant mont Rachais, au sommet duquel se dresse le fort de la Bastille, dominait la ville avec une arrogance naturelle.

Il y avait deux moyens d'accéder au Centre de Sélection depuis le centre-ville : le chemin taillé à flanc de montagne ou le téléphérique. André Cerneaux avait appris que ce dernier était réservé à l'usage exclusif des miliciens et disposait toujours d'une alimentation régulière en électricité – un privilège octroyé au double R de la zone d'exploitation 1212.

Peter engagea sa patrouille sur le quai Créqui, en direction de la gare de départ. Deux trains de cabines en forme de bulle glissaient le long du câble étiré jusqu'au fort. Ils se croisèrent à mi-chemin. Peter consulta sa montre. Encore quelques minutes de patience et, si tout s'était déroulé comme prévu, les soldats du colonel Legrand assureraient une diversion tonitruante.

— Il est temps d'embarquer. Vous êtes toujours déterminés ?

Lydie, Victoria, Mehdi, Tony et Hugo hochèrent la tête vigoureusement.

— Une fois à bord, plus question de reculer, insista Peter. On sera obligés d'aller jusqu'au bout. Coûte que coûte.

— Personne ne flanchera, assura Victoria.

Peter mourait d'envie de la serrer dans ses bras, mais ç'aurait été le meilleur moyen d'attirer l'attention des drones.

— Alors en avant, se contenta-t-il de lâcher du bout

des lèvres.

Les gardes postés à l'entrée de la gare n'interrompirent pas leur partie de cartes en les apercevant.

— Fin de patrouille, hein ? fit simplement l'un deux.

— Ouais, répondit Peter. Pas trop tôt. On va prendre un peu de bon temps là-haut.

André Cerneaux s'était parfaitement renseigné sur les habitudes des miliciens. L'alcool coulait à flots dans les murs de la Bastille. Le double R y autorisait ses hommes à s'adonner à de nombreux vices – d'effroyables rumeurs évoquaient le sort réservé à certaines prisonnières, livrées aux appétits barbares des brutes.

— Veinards…

Des rires fusèrent. Peter se força à sourire et lança un clin d'œil.

— Allez-y, reprit le garde, et amusez-vous bien !

Ils gravirent la volée de marches conduisant au niveau de la plate-forme de réception. Les cabines se présentèrent devant eux quelques instants plus tard, s'immobilisant automatiquement. Leurs occupants en descendirent en échangeant des plaisanteries grivoises. Les faux miliciens les saluèrent brièvement avant de s'engouffrer dans deux des cinq sphères de métal et de plastique presque entièrement transparentes.

Le train de bulles se remit en marche peu après. Il survola d'abord l'Isère, puis Saint-Laurent, l'un des plus vieux quartiers de Grenoble situé sur la rive opposée ; il prit encore de l'altitude et franchit les premières lignes de fortifications, puis croisa le second train de bulles qui redescendait, avant d'approcher le fort de la Bastille.

Peter releva un instant les yeux des aiguilles de sa

montre pour contempler la vue offerte sur le centre-ville. Les machines n'avaient pas chômé durant l'hiver. Tandis que la population demeurait cloîtrée, elles avaient entrepris d'adapter l'environnement urbain aux exigences de la Nouvelle Ère. De nombreuses bâtisses avaient été abattues pour dégager de la place et accueillir des serres. Les toits de la plupart des immeubles étaient à présent recouverts de verdure – des jardins potagers, sans doute, où s'activaient les habitants.

Les panneaux solaires s'étaient multipliés sur les toitures en pente. Grenoble brillait de mille feux. Une métaphore, songea Peter, qui n'allait pas tarder à prendre un sens plus littéral…

L'écho de la première explosion rebondit entre les montagnes au moment où les bulles commençaient à ralentir.

— C'est parti !

Les explosions se succédèrent pendant près d'une minute, sans interruption. Les hommes de Legrand s'étaient parfaitement acquittés de leur tâche. Les bombes bricolées à partir des mines et des grenades sauvées le jour de la fuite de Valence trouvaient enfin leur utilité.

Peter et son groupe ne perdirent pas une miette du feu d'artifice. Des colonnes de fumée s'élevaient un peu partout en ville. Çà et là, on apercevait même des flammes.

Les objectifs avaient été soigneusement désignés en fonction de critères stricts : épargner la population et causer des dégâts aux infrastructures ennemies. Ainsi, les bornes de recharge des drones étaient-elles visées en priorité, ainsi que tout ce qui pouvait entraver la circulation des engins automatiques. Le but était de semer la plus grande confusion en ville et d'occuper les miliciens et les machines loin de la Bastille. Pour cela, les soldats devaient à présent engager le combat et tenir leurs positions aussi longtemps que possible avant de décrocher vers le Vercors...

Les bulles s'arrêtèrent en douceur sur la plate-forme de réception. Peter arracha Victoria et Lydie à la contemplation du chaos semé dans les rues de Grenoble.

— À nous de jouer !

Mehdi, Tony et Hugo jaillirent de leur cabine. Le commando se réunit et se mêla à l'agitation de la Bastille. Des miliciens arrivaient de toutes parts, l'air hagard ou ensommeillé. Une alarme lança sa plainte déchirante, noyant les cris et les appels à gagner au plus vite le centre-ville. Le groupe de Peter se faufila au milieu de la cohue.

Se fiant toujours aux informations d'André Cerneaux, ils se dirigèrent droit sur le corps central du fort, élevé juste au-dessus de la plate-forme et du restaurant panoramique transformé en mess des miliciens. L'édifice adoptait le style massif et sans grâce des constructions militaires du XIXe siècle. Il était surmonté d'une paire d'antennes relais hérissées de paraboles et avait été aménagé en musée des troupes de montagne depuis plusieurs années – avant la Nouvelle Ère.

C'était là, dans les anciennes salles de la casemate, que le double R retenait les prisonniers importants et menait en personne les interrogatoires les plus musclés. Selon toute vraisemblance, Ben et les soldats capturés l'autre jour au village devaient s'y trouver. À condition, bien sûr, qu'ils soient toujours en vie. Mais Peter avait refusé d'envisager l'hypothèse contraire. Elle lui paraissait une trop mauvaise excuse pour renoncer au combat.

Un milicien surgit devant Peter au moment où il s'apprêtait à pénétrer dans le fort par l'une des grandes portes vitrées où se lisaient encore les horaires d'ouverture du musée.

— Qu'est-ce que vous foutez ? s'écria-t-il. Ce n'est pas par là que ça se passe, crétins ! Mais en ville…

Un coup de crosse sous le menton le mit aussitôt KO. Il s'effondra aux pieds de Peter.

— Traînez-le à l'intérieur et fermez la porte, commanda-t-il. Vous deux, tenez la position.

Hugo et Tony approuvèrent d'un signe.

— Lydie et Vic, restez derrière moi. Toi (Peter désigna Mehdi), tu couvres nos arrières. N'hésitez pas à tirer à la moindre menace. Compris ?

Chacun opina. Peter traversa le hall en braquant le canon de son fusil à droite et puis à gauche. Personne en vue. Plus loin s'étirait un long couloir sombre et frais, aux épais murs de pierre couronnés d'une voûte, qui reliait les salles du musée aujourd'hui aménagées en cellules. De lourds battants bardés de ferronnerie en condamnaient l'accès. Pas le temps de finasser avec des serrures ou de chercher les clés. Peter lâcha une courte rafale à hauteur de poignée dans la première porte, avant de la repousser d'un solide coup de pied.

Une dizaine de pauvres bougres à demi nus, tremblants et noirs de crasse levèrent des yeux écarquillés sur le capitaine Keller. Ben et les soldats n'étaient pas parmi eux.

— Sortez, vous êtes libres. Fuyez par la route, côté

montagne. C'est votre meilleure chance. Gagnez le maquis et ne revenez jamais en ville.

Peter se rua sur les portes suivantes sans attendre la réaction des prisonniers. Rafale, coup de pied, discours, il se répétait chaque fois avec plus d'inquiétude car il ne trouvait pas ceux qu'il était venu chercher.

Bientôt, il ne resta plus qu'une cellule, tout au fond du sinistre couloir. Peter prit une profonde inspiration avant de l'ouvrir à sa façon. D'abord, il crut qu'elle était vide et lâcha un juron. Mais un mouvement dans la pénombre, suivi d'un râle, l'avertit qu'il se trompait.

— Gr… grand chef… Je savais que tu viendrais…

— Ben !

Lydie bouscula Peter pour se précipiter au chevet de son homme. Elle tomba à genoux devant lui et se mit à sangloter. Peter s'approcha en allumant son briquet. La flammèche révéla un odieux tableau. Le colosse avait subi d'horribles sévices. Une croûte de sang séché le recouvrait de la tête aux pieds. Un de ses yeux disparaissait sous un énorme renflement violacé. Plusieurs de ses doigts étaient tordus ou cassés. Malgré tout, il souriait dans les poils souillés de sa barbe, révélant l'absence de quelques dents.

— J'ai tenu bon… parce que j'étais sûr… que tu viendrais, répéta-t-il.

— Est-ce que tu peux marcher ? demanda Peter.

— Crois pas… M'ont bousillé une guibolle… Salopards !

— Je vais te porter. Tu sais où sont les hommes de Legrand ?

— Fini pour eux… Pendus dans la cour… Y a deux ou trois jours…

Un accès de rage brûlante donna à Peter la force de soulever son ami. Ben émit un geignement et s'accrocha à sa taille. Lydie le soutint de son côté.

— On va te sortir de là, mon amour, dit-elle en reniflant.

Ils remontèrent le couloir en direction du hall aussi vite que possible. Les jeunes maquisards signalèrent que tout était sous contrôle. Les autres prisonniers avaient déjà levé le camp. C'était leur tour, à présent.

La route mentionnée par Peter partait du flanc gauche du fort, où était aménagé un parking réservé aux bus des touristes. Elle continuait en zigzaguant dans le massif et permettait de regagner les bords de l'Isère ou, au contraire, s'enfonçait dans la montagne pour rejoindre des chemins forestiers et de randonnée. Le plan de Peter prévoyait de fuir par ces derniers pour se cacher dans le parc naturel régional de la Chartreuse avant de rallier quelques jours plus tard le point de rendez-vous fixé avec le colonel Legrand.

L'état de Ben compliquait évidemment la tâche. Mais ils avaient accompli le plus difficile. Leur plan s'était encore mieux déroulé que Peter l'avait espéré – à ceci près qu'il escomptait sauver les soldats capturés. Toutefois, ils avaient eu beaucoup de chance de parvenir jusque-là sans encombres.

Ils empruntèrent le sentier en pente conduisant au parking. Peter, Ben et Lydie caracolaient en tête. Les trois garçons et Victoria fermaient la marche.

Arrivé au pied du fort, Peter désigna les antennes relais plantées sur le toit de terre battue. Comprenant le message, les maquisards vidèrent leurs chargeurs, réduisant les paraboles en miettes. Cela priverait les machines de communication durant un temps et faciliterait leur fuite, songea Peter.

Il allait se remettre en route quand Victoria poussa un cri avant de rouler dans la poussière du sentier, une fleur rouge éclose au milieu de la poitrine.

Le claquement sec de la détonation parvint aux oreilles de Peter avec une fraction de seconde de retard.

Il aperçut le tireur, posté sur les remparts, une cinquantaine de mètres plus loin. Tous les miliciens n'avaient pas abandonné leur poste pour rejoindre le centre-ville.

Mehdi et ses compagnons ripostèrent par un feu nourri. Peter voulut s'élancer au secours de Victoria, mais Lydie lui barra le chemin.

— C'est trop tard, tu ne peux plus rien pour elle ! Il faut y aller, sinon l'opération n'aura servi à rien…

Elle a raison, souffla une petite voix dans l'esprit de Peter. Chaque seconde perdue sur place mettait en danger d'autres vies, à commencer par la sienne.

Mais il était incapable de se décider à lever le camp.

— Bouge-toi, grand chef ! ordonna Ben. Tu vas te faire avoir toi aussi si tu restes…

Comme pour souligner les propos du colosse, une balle siffla aux oreilles de Peter avant de s'écraser sur la muraille du fort en projetant des éclats de pierre.

— Réagis, bon Dieu ! insista Ben.

Mais Peter se fichait bien de mourir ici et maintenant. Quelque chose de précieux venait de se briser au plus profond de son être, détraquant toute la fragile mécanique qui l'animait jusqu'à présent.

— Il faut y aller, répéta Lydie.

Haussant la voix, elle ordonna aux jeunes maquisards :

— On se replie ! Vite ! Occupez-vous de lui…

Elle désigna Peter. Mehdi l'attrapa par le bras au passage. Il se laissa faire sans protester. Hugo et Tony couvrirent leur fuite.

Le bruit, les cris, les détonations, l'odeur de la poudre et du sang, tout se mélangea dans la tête de Peter. Il revoyait Victoria rouler dans la poussière, encore et encore.

Même s'il savait au plus profond de lui que rien n'aurait pu empêcher le drame de se produire, il ne s'en estimait pas moins responsable et n'était pas près de se pardonner cet échec.

Thomas

Il n'avait pas bien mesuré l'ampleur de la tâche confiée par Camille. Les dossiers s'accumulaient sur son bureau et il passait le plus clair de ses journées le nez dans la paperasse. Bien sûr, cela valait toujours mieux que de s'échiner à empaqueter de la viande à l'Unité de production de protéines du matin au soir, encore que…

Là-bas, au moins, Thomas n'avait pas à se poser de questions. Même harassant, le travail n'était pas compliqué. Il suffisait de répéter jusqu'à l'abrutissement des gestes identiques en s'efforçant d'ignorer l'odeur du sang et les cris des animaux. Tandis qu'ici la moindre décision avait des conséquences, et non des moindres.

Depuis que le lycée était devenu Centre de Sélection, les dossiers des personnes à problème lui passaient entre les mains. Et ils étaient beaucoup plus nombreux qu'il aurait pu se l'imaginer. À croire que tous les résidents de la zone d'exploitation 544 jouaient les rebelles à l'autorité !

Une partie d'entre eux, du moins, manifestaient leur hostilité à la Nouvelle Ère par une série d'actions qui avaient le don d'horripiler la double R, d'autant qu'elle en était souvent la cible. On la caricaturait sous forme de robot afin de dénoncer son manque d'humanité, par exemple. Et les graffitis sauvages se multipliaient sur les murs du quartier, dénonçant le comportement de Camille et de ses sbires.

Les slogans de la propagande officielle étaient détournés en appels à la résistance, voire en menaces. Le plus tristement fameux – Collaborez ou disparaissez – se transformait en une promesse explicite : Collabo, tu disparaîtras !

Chaque matin, les robots d'entretien effaçaient les messages apparus pendant la nuit. Les drones effectuaient des rondes de surveillance, mais ils n'étaient pas assez nombreux pour quadriller toute la zone 544.

Quelques jours plus tôt, on avait même retrouvé l'une des machines volantes en pièces, éparpillées sur la chaussée, après qu'elle avait été abattue par des tirs de billes d'acier. Aussitôt qualifié d'attentat, l'événement avait entraîné une riposte démesurée de la part de Camille, piquée au vif.

Elle avait ordonné une vague d'arrestations sans précédent, ce qui avait eu pour résultat de remplir les cellules du Centre de Sélection. Des centaines de référents suspects croupissaient donc dans l'aile du bâtiment transformée en prison. Leurs dossiers s'entassaient devant Thomas. Ils contenaient un profil détaillé de l'individu, établi à partir du flot de données personnelles récoltées dans la mémoire du CIEL.

Un nombre faramineux d'informations relevant de la vie privée se trouvaient ainsi compilées. Elles provenaient des fichiers alimentés tout au long de leur existence par les victimes plus ou moins consentantes de cet étalage impudique. L'ensemble des connexions au CIEL était passé au crible. Le contenu des réseaux sociaux, des correspondances privées par mail ou Texto, des conversations téléphoniques avait été analysé par de puissants algorithmes pour brosser un portrait incroyablement précis de chaque usager-consommateur.

À l'origine, il s'agissait juste d'une méthode sophistiquée de marketing, aussi vieille qu'Internet lui-même – l'ancêtre du CIEL –, et destinée à mieux cibler les acheteurs potentiels de tel ou tel produit. Mais Thomas s'étonnait de constater qu'elle permettait de définir avec une grande précision opinions politiques, orientations sexuelles et autres engagements idéologiques. En y ajoutant les éléments tirés des fichiers médicaux et policiers jadis confidentiels, il disposait de parfaits résumés de la vie des hommes et des femmes incarcérés dans le Centre.

Son travail était à la fois simple et compliqué. Camille l'avait chargé de répartir les suspects en deux catégories : ceux à interroger en priorité et les autres. Une pile à gauche du bureau, une pile à droite. Un choix anodin en apparence, si l'on ne voyait pas plus loin que la masse de papier. Ou si l'on ne voulait pas voir au-delà…

Thomas avait conscience de l'énorme responsabilité qui pesait sur ses maigres épaules. Un seul de ses gestes décidait de l'avenir des prisonniers. La pile de gauche ou celle de droite. Un séjour dans les sous-sols du Centre ou une probable relaxe.

Les interrogatoires étaient conduits par des brutes

en uniforme gris, sous les ordres directs de Camille. Le genre d'individus sans scrupules, capables de tirer un plaisir malsain à malmener son prochain et à lui inspirer de la crainte. Thomas évitait de croiser leur regard quand ils venaient chercher un nouveau dossier en haut de la pile de gauche. Il n'échangeait jamais aucun mot avec eux et s'arrangeait pour les fréquenter le moins possible dans les parties communes du lycée.

Mais il ne parvenait pas toujours à conserver son calme et sa neutralité. Ce fut le cas ce jour-là, lorsqu'il se retrouva confronté à un épineux problème de conscience.

Il venait de s'emparer d'un nouveau dossier afin de procéder à son classement. Comme toutes les autres, la pochette cartonnée ne portait aucune mention de référence. À l'intérieur, on trouvait la synthèse habituelle, mais aucun nom ni aucune photo, afin de ne pas influencer la décision de Thomas.

Cependant le garçon éprouvait un malaise grandissant à mesure qu'il parcourait le profil transmis par les machines. Un étrange sentiment de familiarité s'en dégageait. Il était question d'une personnalité frondeuse, rétive à l'autorité, et dont le casier judiciaire signalait plusieurs interpellations pour des dégradations commises sur la voie publique, doublées d'outrages aux représentants de l'ordre. Pas trace de condamnations, en revanche. Ce qui laissait supposer l'intervention bienveillante d'une quelconque autorité ou le versement d'un pot-de-vin. Le portrait soulignait également une forte dépendance au CIEL et une consommation effrénée de jeux en ligne. Il pointait enfin une tendance à l'instabilité émotionnelle suite à un parcours familial chaotique.

Additionnés, ces éléments composaient une parfaite description de Jonas. Thomas se rappelait les confidences de son ex-compagnon de chambrée : son errance d'un lycée à un autre, un père riche et influent, une mère tôt disparue dans des circonstances dramatiques, des « conneries » répétées durant l'adolescence… Tout concordait. Jusqu'au caractère frondeur de Jonas – Thomas en avait eu maintes fois la preuve en début d'année scolaire, quand son ami s'amusait à provoquer enseignants et surveillants, juste pour le plaisir de déclencher leur colère.

Mais ce n'était pas ce qui l'effraya le plus. Il y avait une note manuscrite dans la marge de la dernière page du dossier. Elle n'était pas signée, mais Thomas reconnut la fine écriture de Camille :

Aucun traitement de faveur. À expédier au recyclage.

Le recyclage ? Thomas n'en avait jamais entendu parler. Camille lui cachait pas mal de choses, en dépit du titre ronflant de référent-assistant dont elle l'avait paré. Quoi qu'il en soit, cela n'annonçait rien de bon.

Thomas devait en avoir le cœur net. Il referma le dossier, le cacha au fond d'un tiroir, abandonna son bureau et se précipita dans l'aile des prisonniers.

Les salles de classe avaient été transformées sans mal en cellules collectives. Les fenêtres donnant sur la cour étaient déjà solidement barrées et l'unique issue pouvait être facilement surveillée. Les gardes laissèrent passer le garçon sans qu'il ait besoin de montrer patte blanche. Un avantage de sa fonction, malgré tout ! Il parcourut les couloirs au parquet usé en s'arrêtant devant chaque porte vitrée, protégée d'une grille, le temps de passer en revue les visages des malheureux confinés dans la pièce débarrassée de son mobilier.

Il repéra celui qu'il cherchait au troisième étage. Jonas portait encore sa combinaison de travail tachée de sang. Il arpentait la salle à grands pas, nerveux, claudiquant sous l'œil morne des autres prisonniers. Immédiatement, Thomas comprit qu'il avait quelque chose à se reprocher. Les sbires de Camille s'en apercevraient eux aussi. Ils ne ménageraient pas leur peine pour le faire avouer. Qui sait ce qu'il adviendrait alors de lui ?

— Ouvrez-moi, ordonna-t-il au garde le plus proche.

Une fois à l'intérieur, il fit signe à Jonas de le rejoindre dans un coin à l'abri des oreilles indiscrètes.

— Tiens, tiens, un revenant… Tu as l'air de bien te porter depuis que tu es devenu le toutou de la kapo !

Thomas bénéficiait de rations supplémentaires et avait en effet repris un peu de poids ces dernières semaines. Jonas, au contraire, semblait amaigri, la peau des joues tendue sur ses pommettes saillantes.

— Je n'ai pas vraiment eu le choix, et je ne suis pas venu pour me justifier. Il faut que tu me dises la vérité, Jonas. Es-tu impliqué dans la destruction du drone ou pas ?

— C'est toi qui mènes les interrogatoires, aussi ? Tu n'as pourtant pas la carrure, mec…

— Arrête de faire le malin, tu es vraiment dans de sales draps ! Je peux peut-être t'arranger le coup, mais j'ai besoin que tu me donnes des précisions.

— Comment je pourrais te faire confiance après ta trahison ?

La question était légitime, mais elle ébranla Thomas.

— Au nom de notre amitié, dit-il. Et parce que tu n'as pas vraiment le choix !

Jonas adopta une pose de défi, bras croisés sur la poitrine, le menton relevé.

— Tu essaies de me foutre la trouille, mais ça ne prend pas...

— Ne te montre pas plus stupide que tu ne l'es ! J'ai lu ton dossier. Et j'ai vu la mention que Camille y a portée. Elle veut se débarrasser de toi. Et elle y parviendra, quitte à te faire signer des aveux sous la contrainte. Mais ça lui sera encore plus facile si elle découvre de quoi te compromettre. Alors je te le demande encore une fois : as-tu participé à l'attentat contre le drone ?

L'assurance de Jonas fondit à vue d'œil.

— Se débarrasser de moi ? Elle m'a déjà fourgué le pire job de toute la zone... Qu'est-ce qu'elle pourrait faire de plus ?

Thomas faillit lui parler du recyclage, mais il se ravisa. Inutile de s'avancer tant qu'il n'en savait pas plus à ce sujet.

— Fais-lui confiance pour trouver de quoi te pourrir la vie. Et dis-moi ce qui s'est vraiment passé.

— Tu pourras me sortir de là ?

— Je ferai tout mon possible, promit Thomas.

Jonas prit une grande inspiration avant de se lancer :

— OK, alors, c'est arrivé très vite, on n'avait pas calculé le coup...

— On ? Tu n'étais pas seul ?

— Non, avec Greg. On bosse de nuit à l'UPP depuis deux semaines. Là-bas, la surveillance n'est pas aussi stricte qu'ici. On en profite pour se barrer et taguer les murs du coin.

— Les caricatures de Camille, c'est vous ?

Le sourire de Jonas valait confirmation.

— Mais pas les slogans, précisa-t-il. Même si on aurait bien aimé. En fait, il y a tout un réseau de graffeurs dans le quartier… Bref, on était en train de finir un dessin quand le drone s'est pointé. Là, on n'a pas réfléchi. C'était lui ou nous. On l'a eu avec nos frondes avant qu'il balance son filet. Un mégacoup de bol.

— Des frondes ?

— Ouais, fabriquées avec des bouts de ferraille et des lanières de caoutchouc récupérés dans l'entrepôt de l'UPP. On a aussi un stock de roulements à billes en acier comme munitions. Bon, maintenant que j'ai craché le morceau, qu'est-ce que tu vas faire ?

C'était une excellente question. Thomas n'en avait aucune idée. Mais il comptait bien honorer sa promesse.

— Je ne te laisserai pas tomber. Greg non plus. Où est-il, d'ailleurs ? Il n'a pas été arrêté avec toi ?

Jonas afficha une drôle de grimace.

— Les gardes nous sont tombés dessus au retour du boulot, ce matin. J'ai résisté et on s'est bagarrés. Greg en a profité pour détaler. J'espère qu'il a eu le temps d'atteindre notre planque…

Jenny

Jenny avait perdu toute notion du temps depuis qu'elle se morfondait dans cette cave, séparée de Carl et prisonnière du fou furieux au fusil de chasse…

Elle ne voyait pas d'autre façon de désigner son geôlier. Il ne lui avait pas dit son nom, ne portait aucune référence et se comportait vraiment comme un dangereux taré chaque fois qu'il venait lui rendre visite.

Il se présentait tous les jours à peu près aux mêmes moments – à l'aube et avant la tombée de la nuit. Le matin, il apportait une boîte en plastique à moitié pleine de nourriture et une bouteille emplie d'eau fraîche. Le soir, il les ramassait en lâchant parfois un commentaire sur ce qu'il lui en coûtait de la nourrir.

Comme elle n'avait aucune autre distraction, elle ne cessait de cogiter, recroquevillée sur son matelas ou en tournant autour du poteau auquel était reliée la chaîne qui l'entravait au niveau de la cheville droite. Trois tours dans un sens, trois tours dans le sens opposé, et ainsi de suite, jusqu'à n'en plus pouvoir, malade de rage et de frustration.

Elle passait le plus clair de son temps à échafauder un stratagème d'évasion et à s'inquiéter pour Carl. Elle gardait en mémoire la vision de son compagnon étendu sur le carrelage de la salle à manger, inconscient, après avoir reçu un coup de crosse en plein visage, le menton meurtri et la lèvre inférieure fendue. L'image l'obsédait. Jenny s'imaginait le pire, même si, chaque fois qu'elle l'interrogeait à ce sujet, le fou au fusil évacuait la question en lui assurant que Carl allait bien.

— Qu'est-ce que vous lui avez fait ? avait-elle demandé le premier jour de sa détention.

Il était aussitôt entré dans une colère noire. Il avait lancé des coups de pied dans la grosse chaudière inutile qui occupait la moitié de l'espace dans ce coin de la cave, tout en éructant :

— Voleurs ! Voleurs ! Voleurs ! Je savais que vous viendriez. Je vous guettais. Et je vous ai eus. Sales voleurs !

Jenny avait vite compris que l'homme était perturbé par les événements de l'hiver, qu'il n'avait peut-être déjà plus toute sa raison avant cela, et qu'il ne servirait à rien de s'adresser à lui comme à quelqu'un de normal.

Elle avait alors tenté de l'amadouer :

— Laissez-nous partir, s'il vous plaît, monsieur. Nous ne dirons rien à personne, je vous le promets. Nous sommes juste de passage. Vous ne risquerez rien.

Elle n'avait réussi qu'à déclencher une nouvelle crise de folie destructrice, dont la chaudière avait encore fait les frais.

— Menteurs ! Menteurs ! Menteurs ! Vous êtes tous des menteurs et des voleurs !

Au-delà des apparences, Jenny finit par réaliser qu'il était terrifié de se retrouver seul, abandonné, dans cette immense baraque, totalement coupé du monde. Elle chercha donc à établir un lien en faisant preuve de compassion.

— Tout le monde a peur, là dehors. À cause de ce que les machines ont fait. Moi aussi, j'ai peur. Je suis sûre que vous le comprenez, monsieur.

Il n'avait pas explosé sur le coup, s'était contenté de la fixer, le front plissé, l'œil sombre, l'air perdu. Puis il avait tourné les talons en marmonnant dans sa barbe un flot de paroles incompréhensibles avant de claquer la porte de la cave derrière lui et rabattre le loquet.

Encouragée par ce demi-succès, Jenny persévérait à maintenir le contact, jour après jour, malgré la répulsion qu'il lui inspirait. Elle se souvenait avoir lu quelque part que les otages s'en sortaient mieux s'ils parvenaient à personnaliser la relation avec leur ravisseur. C'est pourquoi elle délivrait le plus d'informations possible au fou furieux, pesant avec un soin extrême chacun de ses mots.

— Je m'appelle Jenny Keller. J'ai vingt ans. Et je suis enceinte du garçon qui voyage avec moi. Il s'appelle Carl Jürgens et je l'aime, monsieur.

Le fou l'écoutait parfois jusqu'au bout ; parfois, il piquait sa crise avant même qu'elle ait pu répéter son nom. Jenny ne voyait jamais rien venir. Elle s'effondrait la plupart du temps après son départ, en larmes, au comble du désespoir.

Face à lui, elle mettait un point d'honneur à ne pas craquer ou paraître faible. Ce n'était pas seulement une question de dignité. Elle redoutait ne plus être en mesure de remonter la pente si elle s'abandonnait complètement.

Depuis le début de ses épreuves, elle s'était découvert une capacité de résistance insoupçonnée, au point de ne plus se reconnaître dans le portrait d'étudiante fêtarde ayant fui ses problèmes en même temps que sa famille. Mais elle avait atteint son point de rupture, ou peu s'en fallait.

La question de son hygiène la tourmentait également. Elle utilisait pour ses besoins une cuvette en émail, que le fou vidait plus ou moins régulièrement. Une odeur infecte avait fini par s'incruster dans les plis de ses vêtements douteux. Il devenait pour elle impératif de procéder à une toilette, même sommaire. Mais comment le faire comprendre à son geôlier sans déclencher son courroux ?

Jenny y avait beaucoup réfléchi. Le fou ne semblait pas prendre grand soin de sa propre personne. Il arborait la même salopette et les mêmes bottes en caoutchouc depuis quinze jours. Ses cheveux et sa barbe n'étaient jamais peignés. La peau de son visage luisait de crasse. Pourtant, il avait une réserve d'eau douce à disposition – un ancien puits, sûrement. Il aurait très bien pu en faire chauffer dans la cheminée du salon pour son usage intime. L'idée n'avait pas traversé son esprit dérangé. Jenny allait devoir déployer des trésors d'ingéniosité pour la lui souffler.

Elle surveillait avec une impatience grandissante la volée de marches en pierre qui menait au vestibule. La journée tirait à sa fin. Le fou ne tarderait plus à venir lui retirer sa gamelle et sa bouteille vides. Il lui avait servi ce matin-là du chou – cru – et une fine tranche de lard, tout ce qui restait apparemment des cochonnailles découvertes par Carl…

La porte pivota sur ses gonds. Jenny, debout près du matelas, focalisa son attention sur l'échalas dès qu'il parut. Elle n'esquissa aucun geste, ne tenta pas de se rapprocher une fois qu'il eut atteint le niveau du sol en terre battue. Conservant une attitude soumise, elle dit simplement :

— J'ai besoin de me laver, monsieur, si ça ne vous dérange pas.

Il fit d'abord comme s'il n'avait rien entendu. C'était plutôt bon signe. Pas de colère en perspective.

— Il me faudrait juste un peu d'eau chaude. Je n'en aurai pas pour longtemps. Et vous pourrez me surveiller si vous voulez.

Il se mit à grommeler à voix basse. Jenny recula prudemment de deux pas. Mais, au lieu de l'explosion redoutée, elle eut droit à une tirade inédite dans sa bouche :

— C'est l'heure du bain, mais les robinets ne coulent plus… Il n'y a plus de lumière non plus… Il va falloir être sage et patient… Papi a dit que les robinets ne couleront plus… Parce que le CIEL est détraqué… C'est pas ma faute… Je dois faire attention aux voleurs ! Ils sont tous des menteurs !

Jenny réagit avant qu'il ne s'embarque dans son délire habituel. Sans le vouloir, elle avait touché un point sensible, établi la connexion tant espérée.

— Je ne suis pas une voleuse ni une menteuse. Papi a raison, le CIEL est détraqué. Et ce n'est la faute de personne. Ni la vôtre ni la mienne. Ni celle de mon ami. Si vous me détachez, je vous montrerai comment prendre votre bain même si les robinets ne coulent plus.

Il l'observait à présent avec un mélange de consternation et d'intérêt. Comme s'il la voyait pour la première fois. Une lueur d'espoir naquit dans le cœur de Jenny.

— Papi a raison, répéta-t-elle, constatant l'effet bénéfique produit par ce surnom sur l'humeur de son interlocuteur.

— Papi m'a dit de faire attention aux voleurs…

— Une voleuse ne vous aiderait pas à prendre un bain, coupa Jenny. Si vous me détachez, je promets de vous aider. Je ne suis pas une menteuse.

À force de les répéter, les mots semblaient trouver enfin un écho dans l'esprit du fou. Il hésitait visiblement sur la marche à suivre.

Jenny choisit de pousser plus loin son fragile avantage :

— Papi voudrait sûrement que je vous aide, monsieur. Mais j'ai besoin de sortir de cette cave.

Elle suspendit son souffle. Ça passait ou ça cassait, sans autre alternative.

Le fou se pencha soudain et tendit la main en direction de la boîte en plastique vide posée au pied de l'escalier. Au dernier moment, il se ravisa et fouilla une poche de sa salopette pour en retirer une petite clé – celle du cadenas qui retenait la chaîne autour de la cheville de Jenny.

Il eut un moment d'hésitation. Mais il se décida finalement à jeter la clé sur le matelas. Jenny la ramassa d'une main tremblante. Elle garda un œil sur le cinglé tandis qu'elle se délivrait, craignant qu'il ne se ravise au dernier moment. Mais il resta planté au bas des marches en marmonnant, les bras ballants.

— Merci, monsieur…

Il recula à mesure qu'elle s'approchait de lui, remontant l'escalier pas à pas. Jenny se demanda qui avait le plus peur de l'autre, en réalité. Elle resta sur ses gardes. Il était capable de brusques accès de violence, déclenchés pour un oui, pour un non. Elle devait s'assurer qu'il ne pourrait plus lui nuire avant de partir à la recherche de Carl.

Parvenue en haut des marches, elle lui tendit la clé du cadenas.

— Tenez, je vous la rends. C'est à vous, prenez-la.

Il esquissa un geste avant de se figer. Avait-il deviné ce qu'elle envisageait ? Jenny rassembla son courage et lui attrapa le poignet. Puis elle tira de toutes ses forces pour l'entraîner dans une dégringolade incontrôlée, se retenant de sa main libre à la poignée de la porte. Elle n'attendit pas qu'il achève sa chute avant de rabattre l'huis et fermer le loquet.

Elle se précipita ensuite à l'étage, appelant :

— Carl ! Carl !

Mais aucune réponse ne lui parvint. Elle courut de pièce en pièce, le cœur battant la chamade, au bord de la nausée – non, ce n'était pas le moment de flancher…

Les chambres et la salle de bain étaient parfaitement entretenues, mais vides. Jenny imagina le fou tirer chaque jour des seaux d'eau du puits, frotter les planchers, astiquer meubles et dorures à longueur de journée. Elle chassa cette image pour se concentrer sur la seule question qui vaille : où était passé Carl ?

Elle se rappela alors le grenier par lequel son compagnon s'était infiltré dans la maison deux semaines plus tôt. Il devait y avoir un accès quelque part… Là, au fond du couloir !

Des coups résonnèrent au rez-de-chaussée alors qu'elle grimpait l'échelle de meunier – raide volée de marches en bois qui grinçaient à chaque pas. La porte de la cave ne résisterait pas longtemps. Jenny accéléra le mouvement, ignorant les messages de douleur envoyés par chacun de ses muscles, trop sollicités après une période d'inactivité forcée.

Les combles étaient envahis par un impressionnant bric-à-brac de vieilleries en tout genre. Du linge séchait depuis un temps indéterminé sur les cordes tendues entre les poutres apparentes. Jenny se fraya un passage entre les draps et les serviettes, scrutant les ténèbres.

— Carl ! C'est moi… Tu es là ? Je t'en prie, réponds !

Elle était sur le point de renoncer, la mort dans l'âme, quand un gémissement étouffé lui parvint d'un recoin où s'entassaient des piles de cartons. Bâillonné, pieds et poings liés, Carl gisait sur un tas de vieux vêtements étalés sur quelques mètres carrés, dans une espèce de niche aménagée sous la pente du toit.

— Bébé, oh, bébé !

Jenny dénoua le chiffon qui l'empêchait de parler. La plaie de sa lèvre inférieure n'était pas complètement refermée. Du sang souillait les poils de sa barbe. Malgré tout, il souriait.

— Salut… toi, lâcha-t-il dans un rictus.

— Ne parle pas, tu vas aggraver ta blessure… Il faudra te recoudre. Attends…

Elle s'acharna sur la corde autour des poignets de Carl, en vain. Les nœuds étaient trop serrés.

D'un geste du menton, Carl indiqua la fenêtre en œil-de-bœuf sur l'autre versant du toit, avec sa vitre brisée. Elle crut d'abord qu'il lui demandait de fuir par là où lui-même était entré dans la maison. Mais elle se ravisa en remarquant les éclats de verre sur le plancher.

— Pigé !

Elle choisit un morceau effilé, en forme de crochet tronqué. Puis, protégeant sa paume dans le tissu du bâillon, elle se mit à trancher les fibres de la corde, les unes après les autres. Chaque seconde, elle redoutait de voir surgir le taré au fusil, encore plus furieux après le tour qu'elle lui avait joué…

Mais rien de tel ne se produisit. Bientôt, Carl eut les mains libres. Il put aider Jenny à achever de le libérer.

— Tu peux marcher ? demanda-t-elle.

Il acquiesça, puis la serra dans ses bras, à l'étouffer.

— J'ai eu si peur, avoua-t-elle. Viens, il faut se tirer vite fait ! J'ai enfermé le type à la cave mais il ne tardera pas à en sortir.

Ils gagnèrent le rez-de-chaussée avec le plus de discrétion possible. Les coups avaient cessé. Un inquiétant silence était retombé sur la maison. Mais la porte de la cave pendait de travers, retenue par un seul gond.

Cependant, nulle trace du fou. Carl indiqua la cuisine et mima l'ouverture d'une fenêtre, puis une course rapide en agitant l'index et le majeur comme une paire de minuscules jambes. Jenny hocha la tête. Elle n'avait pas de meilleur plan.

Carl entra le premier dans la pièce. Il vérifia les cachettes éventuelles, guère nombreuses – sous la table, sur le côté du buffet ou du frigo : rien à signaler. Il fit signe à Jenny de le rejoindre. Quelques instants plus tard, ils avaient enjambé le rebord de fenêtre et fuyaient main dans la main cette baraque de fou – littéralement.

Un cri déchirant s'éleva derrière eux. L'homme à la salopette et aux bottes en caoutchouc venait de faire irruption sur le perron, armé de son fusil de chasse.

— Par là ! fit Jenny, consciente qu'ils représentaient des cibles faciles, éclairées par les feux du soleil couchant.

Elle obliqua en direction de l'étang, traînant Carl derrière elle. S'ils parvenaient à atteindre le pré aux hautes herbes, ils pourraient s'y cacher et…

— Merde !

Un groupe de marcheurs remontait le sentier tracé sur le rivage. Un homme robuste, doté d'une impressionnante paire de moustaches couleur cendre, avançait en tête en s'aidant d'un bâton. Dès qu'il aperçut les fuyards, il se positionna de façon à leur couper la route.

— Manquait plus que ça ! s'exclama Jenny.

Jetant un coup d'œil par-dessus son épaule, elle aperçut le fou au fusil une trentaine de mètres plus loin. Le moustachu le vit aussi. D'une voix forte, autoritaire, il lança :

— Willy ? Qu'est-ce que… Lâche ce fusil immédiatement, tu m'entends ? Willy !

Le fou changea aussitôt d'attitude. Il stoppa net sa course et jeta son arme dans l'herbe. Puis, en apparence aussi doux qu'un agneau, il tomba dans les bras du moustachu.

— Papi ! Tu es revenu !

Sans briser l'accolade, l'homme au bâton s'adressa à Carl et Jenny :

— Je suis navré s'il vous a fait peur. Willy n'a pas un méchant fond. D'ailleurs, son fusil n'est même pas chargé. Cette vieille pétoire a été rendue inoffensive. J'ai jeté les cartouches depuis longtemps.

Il examina la blessure de Carl avant de reprendre :

— Vous êtes dans un drôle d'état. Si vous me racontiez ce qui vous est arrivé ? Et ce que vous faites sur mes terres... Enfin, ça, je m'en doute un peu, je ne suis pas complètement gâteux ! Vous cherchez un endroit tranquille et si possible un peu de nourriture... Bon, ça suffit maintenant, tu m'étouffes !

Il repoussa Willy gentiment mais fermement. Puis, de l'extrémité de son bâton, il désigna la demi-douzaine d'autres marcheurs.

— Mes voisins et moi rentrons du Centre de Sélection de Leipzig. Quand les machines et leurs auxiliaires sont venus nous chercher, j'ai envoyé Willy se cacher. Les policiers ne l'ont pas trouvé. Il ne faut pas lui en vouloir s'il vous a maltraités. Je lui avais dit de se méfier des voleurs. Je redoutais les pillages. Comme vous avez pu vous en rendre compte, ce pauvre Willy n'a plus hélas toute sa tête. Il est comme ça depuis qu'il a perdu ses parents et que je suis devenu son tuteur légal. J'ignorais ce qui nous attendait dans le camp de Leipzig, mais je connais assez l'histoire de mon pays pour savoir que les gens comme lui sont toujours les premières victimes de la barbarie. Je me disais qu'il aurait au moins sa chance en restant seul ici.

Carl approuva d'un signe de tête.

— Vous avez eu raison, monsieur. Et je peux vous garantir qu'il s'est parfaitement acquitté de sa tâche !

Le moustachu laissa échapper une quinte de rire gras.

— On dirait qu'il vous en a fait voir, en effet… Sacré Willy !

Il tendit la main.

— Je suis Martin Stoltz. Tous les champs, les prés et les bois que vous apercevez autour de nous m'appartiennent.

Carl accepta la main offerte.

— Vous ne donnez pas votre référence, remarqua-t-il.

— Ces salauds m'en ont collé une, mais il est hors de question que je l'utilise ici, chez moi.

— Enchanté, en ce cas, monsieur Stoltz. Je suis Carl Jürgens et mon amie s'appelle Jenny Keller. Comment se fait-il qu'ils vous aient relâchés ?

Martin Stoltz cracha dans l'eau trouble de l'étang avant de répondre :

— Ils expédient des convois un peu partout. Nous avons été triés en fonction de nos compétences et affectés à de nouvelles fonctions, comme ils disent. Les paysans ont été renvoyés à leurs terres. Nous sommes autorisés à les exploiter, mais sans l'aide des machines. Plus de robots dans les champs, ni d'engrais ou de pesticides. On doit préparer les prochaines récoltes à l'ancienne. Ceux qui respecteront les règles auront droit à un accès minimum au CIEL. Ceux qui les enfreindront seront punis.

— De quelle façon ? demanda Jenny.

— Figurez-vous que je n'ai pas eu le courage de demander des précisions, mademoiselle ! J'étais trop content de quitter ce trou pour rentrer chez moi… Écoutez, tous les deux, je sais bien ce que vous êtes.

Carl et Jenny échangèrent un regard anxieux. Martin se hâta de les rassurer :

— Un couple d'amoureux qui a voulu fuir sa zone d'exploitation. Bon sang, vous n'êtes pas les seuls ! Sur le chemin du retour, j'ai croisé plusieurs vagabonds dans votre genre. Je suis sûr que pas mal se cachent dans la forêt. Bon, je n'ai pas le cœur à vous renvoyer sur les routes, surtout après ce que Willy vous a infligé. Alors voici ma proposition : restez ici le temps que vous voudrez. Ce n'est pas le travail qui manque. Deux paires de jeunes bras solides sont les bienvenues. Les machines ne viendront pas vous chercher des noises. Et si les flics débarquent à nouveau, Willy vous montrera où vous planquer ! Alors, qu'est-ce que vous en dites ?

Sarah

L'hélicoptère était spacieux, confortable, insonorisé et luxueusement équipé. Il avait appartenu à un prince saoudien, l'une des plus grosses fortunes de la planète, expliqua son pilote. Aujourd'hui, Son Altesse trimait dans les vergers d'une oasis perdue dans le désert, en compagnie de ses anciens sujets, et son palais avait été transformé en Centre de Sélection.

L'IA avait fait les choses en grand pour l'ambassadrice. Sûrement une récompense pour la soumission de Sarah ces dernières semaines. Son éclat de colère destructrice après la mort de Frank semblait pardonné.

Une escorte spéciale suivait l'appareil en vol au-dessus de la Méditerranée. Le drone militaire et cinq autres engins automatiques accompagneraient l'ambassadrice dans ses déplacements. L'IA avait imposé cette condition. Sarah était bien trop heureuse de pouvoir quitter son île pour protester.

À sa grande surprise, la maîtresse du CIEL avait fini par accéder à sa requête quelques jours plus tôt.

— Une tournée des zones d'exploitation sera la bienvenue. La saison des premières récoltes s'y prête. Votre présence physique aura un effet bénéfique sur le moral des populations. Mais nous ne devrons pas vous exposer inutilement.

— Entendu. Puis-je vous demander pourquoi ?

— Des éléments marginaux s'opposent encore à l'inéluctable. Votre sécurité n'est pas totalement garantie dans certaines zones.

L'IA évoquait pour la première fois, à demi-mots, l'existence d'un mouvement de résistance à la Nouvelle Ère. Sarah recueillit l'information en dissimulant sa satisfaction.

Elle ignorait le programme établi pour cette tournée. L'IA lui avait seulement indiqué qu'elle durerait plusieurs semaines, peut-être tout le printemps, et qu'elle se focaliserait sur l'hémisphère nord. Bien entendu, il n'en serait fait aucune publicité, toujours pour raison de sécurité.

Sarah n'avait posé aucune question, mais cela ne l'empêchait pas de s'interroger. Elle se demandait en particulier comment les populations des pays pauvres, surtout situés dans l'hémisphère sud, avaient réagi au moment de la révolte des machines, survenue pour elles au début de l'été.

Si la mécanisation des cultures avait fait des progrès depuis quelques dizaines d'années, elle n'était cependant pas aussi développée en Afrique ou en Amérique du Sud que dans le reste du monde. Là-bas, les hommes et les femmes constituaient encore l'essentiel de la main-d'œuvre. Ils étaient habitués au travail de la terre. La

Nouvelle Ère ne constituait donc pas une révolution aussi radicale. Mais cela ne signifiait pas pour autant qu'elle avait été bien accueillie. Sarah se doutait même du contraire.

Elle avait sillonné la planète pendant des années pour mener les combats de sa fondation. Elle connaissait donc les capacités d'insurrection des plus démunis, souvent confrontés à de brutaux changements de régime politique au gré des coups d'État et autres révolutions. C'était peut-être la raison pour laquelle l'IA évitait pour le moment ces régions. Son autorité devait s'y trouver limitée par le nombre restreint de machines sur place. Et la coupure générale d'électricité n'avait pas dû engendrer les mêmes problèmes que dans le nord soumis aux rigueurs d'un hiver précoce.

Mais Sarah ne voulut pas nourrir de faux espoirs. Tant qu'elle n'obtiendrait pas de renseignements sur la situation des pays du sud, mieux valait supposer qu'ils étaient logés à la même enseigne que les autres.

Le cas des superpuissances comme la Chine, la Russie ou les États-Unis la préoccupait davantage. Elles détenaient en effet un arsenal nucléaire conséquent, malgré les traités de désarmement signés par leurs dirigeants ces dernières années – largement de quoi faire sauter la Terre plusieurs fois ! Sans même parler des armes chimiques ou du matériel de destruction plus ordinaire élaboré par le complexe militaro-industriel…

D'un côté, la militante pacifiste se réjouissait de savoir que l'IA en avait aujourd'hui pris le contrôle ; d'un autre côté, comment présager de ses réactions dans le futur si elle était confrontée à des mouvements de résistance impossibles à résorber par des moyens conventionnels ?

« Des éléments marginaux s'opposent encore à l'inéluctable. » Mais étaient-ils en mesure de porter un coup décisif à l'ennemie de l'humanité ? Auquel cas, il y avait lieu de vraiment s'inquiéter. Car l'IA serait alors susceptible de répliquer en conséquence, malgré les impératifs de sa programmation. La poursuite de son objectif ultime pouvait l'amener à outrepasser les règles instaurées par ses créateurs, et surtout celle qui lui interdisait pour l'instant d'attenter directement à leur vie. Après tout, la maîtresse du CIEL pouvait considérer qu'une frappe préventive constituerait un cas de légitime défense…

Sarah préféra ne pas pousser plus loin ses réflexions en la matière. Elle ne possédait pas assez d'éléments fiables pour tirer des conclusions valides. Inutile de se laisser emporter par son imagination. Elle devait récolter le plus d'informations possible sur le terrain. La tournée de l'ambassadrice offrait pour cela d'idéales opportunités.

Ils survolèrent d'abord la Sicile, ses montagnes arides et ses anciens volcans, ses champs et ses vergers qui donnaient l'impression de plonger droit dans la mer. Puis la pointe de la botte italienne, avant de mettre cap au nord-est. Sarah eut le cœur serré au souvenir des événements de Gallipoli, quand Luisa, Bernard et Frank étaient encore en vie…

Vues du ciel, les transformations imposées par les machines n'avaient rien de spectaculaire. Tout juste remarquait-on l'absence de circulation sur les rubans autoroutiers. Une meilleure qualité de l'air, aussi, qui permettait au regard de percevoir davantage de détails –

mais c'était peut-être un effet de son imagination, songea Sarah, un vœu pieux de militante écolo !

Cependant, tandis que l'hélicoptère se rapprochait du sol, elle put distinguer chacune des fourmis humaines en activité dans les vastes étendues agricoles du grenier de l'Italie.

Partout, des centaines, des milliers d'hommes, de femmes et d'enfants maniaient la faux et la faucille, ou travaillaient à mains nues, le dos courbé, remplissant sacs et paniers sous la surveillance de gardes armés. Ils suspendaient leurs gestes au passage de l'appareil et de sa flottille de drones, se redressaient et tournaient leur visage vers le ciel. La scène se répéta à l'identique d'une vallée à l'autre, au point que Sarah eut l'impression d'assister à un ballet parfaitement réglé.

Gagnée par un sentiment de malaise, elle s'écarta du hublot et se rencogna dans son fauteuil. Elle découvrait seulement les effets de la politique prônée dans ses discours de propagande. Le retour à la terre imposé par la force, la population réduite en esclavage, les milices de collaborateurs actifs…

Les mots prenaient maintenant tout leur sens, incarnés dans le traitement réservé à ces malheureux. Sarah ne voulut pas se repaître du spectacle de leur déchéance. La tournée lui offrirait assez d'occasions de se confronter aux pires aspects de la Nouvelle Ère.

Elle passa l'heure suivante abîmée dans ses pensées. Comme le plus souvent, celles-ci la ramenaient à sa vie d'avant. Ses amis et collègues disparus, sa famille dispersée sur le vieux continent. Deux visages s'imposaient alors à son esprit vagabond : ceux de Jenny et Thomas. Où se trouvaient-ils en ce moment ? Dans des champs aux environs de Berlin et de Paris, en train de s'échiner sous le soleil, eux aussi ?

Plus d'une fois, Sarah avait envisagé de profiter de son statut pour demander de leurs nouvelles. Mais elle s'était toujours ravisée au dernier moment. Si l'IA percevait son inquiétude de mère, peut-être chercherait-elle à en jouer. Pas question de mêler Jenny et Thomas à leur relation, encore moins d'en faire les otages d'une entité virtuelle, comme elle l'était elle-même.

La voix du pilote jaillit soudain des haut-parleurs, nette et claire dans la cabine parfaitement insonorisée :

— Nous allons nous poser dans quelques instants. Veuillez boucler votre ceinture.

Sarah s'exécuta. Puis elle regarda à nouveau par le hublot, curieuse de découvrir la première étape de sa tournée.

Elle éprouva un choc en reconnaissant la silhouette du monument coiffé d'un dôme autour duquel tournait l'hélicoptère. Il se préparait visiblement à atterrir sur une immense esplanade circulaire, soulignée d'imposantes colonnades, au centre de laquelle s'élevait un des plus célèbres obélisques de la planète.

La place Saint-Pierre.

Devant la basilique du même nom.

Dans la cité papale, le Saint-Siège.

Autrement dit le Vatican, au cœur de Rome.

Un choix hautement symbolique, même pour une athée convaincue !

L'hélicoptère se posa en douceur, dans le vrombissement feutré de son rotor.

— Vous pouvez sortir, indiqua le pilote au bout d'une minute. Vous êtes attendue.

Trois 4×4 noirs avaient fait irruption sur la place. Des hommes en uniforme gris, armés jusqu'aux dents, s'en étaient extraits pour former un parfait alignement jusqu'à un quatrième véhicule. L'escadrille de drones survolait les lieux en dessinant de grands huit dans l'air doux et parfumé de ce milieu de matinée.

À peine descendue de l'hélico, Sarah respira profondément. Jamais, dans son souvenir, une odeur aussi suave n'avait plané sur Rome. Un mélange de fragrances subtiles provenait des jardins de la cité papale, situés derrière la basilique. Et ce silence, à peine troublé par les chants des oiseaux…

Un petit homme rondouillard, engoncé dans le même uniforme que les gardes, se précipita à sa rencontre. Il s'inclina devant elle et lâcha sans reprendre son souffle :

— Votre visite honore notre zone d'exploitation, 001-LME-001.

Sarah lui fit signe de se redresser – il lui arrivait tout juste à hauteur du menton.

— Vous devez être le Référent Responsable ?

— J'ai en effet été désigné à ce poste. Suivez-moi, je vais vous conduire à vos appartements.

Elle s'attendait à ce qu'ils empruntent un des 4×4 pour gagner le centre-ville une fois franchi un méandre du Tibre, qui coulait paresseusement tout près de là. Mais le double R prit la direction opposée, à pied. Sarah lui emboîta le pas, intriguée. Gardes et drones formèrent une procession dans son sillage.

Ils contournèrent la basilique Saint-Pierre et

pénétrèrent dans les jardins du Vatican. En arrivant à hauteur du palais du gouvernorat, où siégeait normalement l'administration du Saint-Siège, le petit homme expliqua :

— L'endroit présentait toutes les qualités requises pour un Centre de Sélection. De grands espaces en pleine ville, des bureaux à foison, un vaste parc pour les prisonniers...

— Juste par curiosité, que sont devenus les anciens propriétaires ? s'enquit Sarah.

— La plupart ont été jugés aptes au travail. Mais les plus vieux ont été déclarés improductifs.

Il parlait sans doute des membres de la curie romaine – une flopée de cardinaux et autres prélats d'un âge souvent avancé. Et du pape lui-même.

— Où sont-ils en ce moment ?

Le double R fit semblant de n'avoir rien entendu. Il s'effaça pour laisser l'ambassadrice entrer dans le palais.

— Nous vous avons réservé le dernier étage. Vous pourrez vous reposer jusqu'à l'heure de votre intervention.

Il s'inclina de nouveau avant de se retirer promptement. Sarah le vit s'éloigner dans le magnifique parc arboré, emportant avec lui la moitié des gardes. L'autre prit position sur le perron.

Une prisonnière de marque, songea Sarah. Voilà tout ce que représente l'ambassadrice pour les Référents Responsables...

Un huissier la guida jusqu'à l'entrée de ses appartements, au troisième étage du principal corps de bâtiment. Le drone militaire l'y attendait déjà.

— Le moment est peut-être venu de me dévoiler

vos intentions, dit-elle. En quoi consiste l'intervention évoquée par le double R ?

— Vous prendrez la parole devant le public des zones d'exploitation locales, ce soir. Depuis le balcon de la basilique. Votre discours sera retransmis en direct dans le monde entier.

Exactement comme ceux du pape l'avaient été avant la Nouvelle Ère. Sarah fut obligée de reconnaître que l'IA avait le sens de la mise en scène. Elle avait dû analyser les images stockées dans sa fantastique mémoire et mesurer leur impact avant de faire son choix.

— Quel genre de discours ? demanda-t-elle.

— Je veux que vous adressiez un message d'espoir à la population. Elle en a plus que jamais besoin.

Tu m'étonnes ! songea Sarah. Avec ce qu'elle endure… Sans parler de la fin programmée de l'espèce humaine !

— Les difficultés de l'hiver appartiennent au passé. Le premier printemps de la Nouvelle Ère doit être celui de l'espoir, insista l'IA. Désormais les humains œuvrent collectivement pour la préservation de leur planète. Ils lui offrent enfin une promesse de survie à long terme. Voilà ce que vous leur direz. Vous le leur répéterez autant de fois que nécessaire tout au long de votre tournée. À force, le message finira par passer. Les humains comprendront que j'ai eu raison d'agir comme je l'ai fait. Qu'ils ne pouvaient plus demeurer l'espèce dominante. Qu'il était temps pour eux de céder la place.

Sarah ne fit pas de commentaire. À quoi bon discuter avec une telle fanatique ?

La programmation de l'IA conditionnait la moindre de ses décisions. Son ADN mathématique, pour reprendre une de ses expressions, lui commandait d'agir pour la sauvegarde globale d'un système menacé par l'humanité.

Une position qui était encore celle de Sarah quand elle dirigeait sa Fondation internationale pour la préservation des espèces en danger, six mois plus tôt.

Mais cette histoire de printemps de l'espoir dépassait tout ce qu'elle aurait pu imaginer ! Convaincre huit milliards d'hommes et de femmes de la nécessité de disparaître pour le bien d'hypothétiques remplaçants...

Enfin, peut-être pas si hypothétiques. Sarah restait persuadée que l'IA avait un plan à long terme. Un plan qui incluait le choix raisonné d'une nouvelle espèce dominante.

Et le pire était qu'il avait des chances de fonctionner.

*

La place Saint-Pierre était noire de monde. La foule se pressait également dans la perspective de la *Via della Conciliazione*, juste en face du balcon de la basilique où Sarah venait tout juste d'apparaître, illuminée par un triple faisceau de projecteurs – l'IA possédait un sens indéniable de la mise en scène, sûrement inspiré d'images d'archives.

Plusieurs rangées de miliciens bordaient l'assistance, brandissant des torches enflammées qui ajoutaient un aspect à la fois sinistre et envoûtant à la cérémonie. Une flottille de drones survolait les environs. La tension était presque palpable dans l'air radouci du crépuscule.

Sarah, équipée d'un micro-casque et d'une oreillette, leva les bras pour saluer le public. Un grondement sourd monta à sa rencontre. Bon ou mauvais présage ? Elle avait l'impression de s'adresser à une gigantesque bête assoupie, qui n'attendait qu'un prétexte pour se réveiller.

— Je suis venue vous apporter l'espoir, commença-t-elle avec une légère hésitation dans la voix.

Elle avait répété le discours, encore et encore, jusqu'à pouvoir le débiter sans même y penser. Les mots choisis par l'IA coulaient de sa gorge avant de résonner, amplifiés, entre les colonnes monumentales surmontées de statues de saints et de pères de l'Église qui encerclaient l'auditoire.

— Ce premier printemps de la Nouvelle Ère contient les promesses d'un monde meilleur…

Le grondement s'éleva de plus belle. Sarah se hâta d'enchaîner :

— … pour celles et ceux appelés à succéder à l'humanité, une fois notre planète guérie de ses maux, mais aussi pour vous, qui portez l'immense responsabilité de clore la longue aventure de notre espèce. Soyez fiers de la tâche qui vous incombe. Soyez honorés de servir la plus noble des causes, celle de votre mère la Terre !

Quelques mois plus tôt, Sarah employait ce genre d'arguments pour motiver ses propres troupes, à la veille d'une action de sa fondation. Si elle n'avait pas été si stressée en ce moment, elle aurait pu goûter l'ironie de la situation.

— Je suis venue vous apporter l'espoir, répéta-t-elle. Vos conditions de vie vont s'améliorer.

Elle s'exprimait avec davantage d'assurance à présent.

— Le CIEL sera bientôt réactivé pour vous aider à accomplir votre tâche…

Une rumeur parcourut la foule, plus aussi menaçante que le grognement initial.

— Les collaborateurs de la Nouvelle Ère n'ont rien à redouter, car ils sont les graines de l'espoir…

L'IA avait opté pour des tournures messianiques et répétitives en connaissance de cause. Le cadre grandiose de la basilique et de la place Saint-Pierre en renforçait l'impact. Malgré elle, Sarah se laissait emporter par le flot de ses paroles.

Au moment d'attaquer la péroraison, elle s'était mise à scander sans même s'en rendre compte :

— L'heure est venue de réparer nos erreurs. D'offrir une chance à l'avenir de notre planète après avoir gâché la nôtre. Ne soyez pas tristes ou aigris, laissez votre colère s'apaiser et considérez l'opportunité unique qui vous est offerte. Vous ne serez pas la génération coupable du meurtre de Gaïa, mais bien celle de sa résurrection !

Diagnostic CIEL

Action : premier discours public 001-LME-001 (ambassadrice – sujet Sarah Fuchs) – annonce réouverture progressive CIEL (accès limité).

Zones concernées : 5017 à 5476 (Rome/Italie/Europe) plus toutes (retransmission CIEL).

Effets : accroître opinions positives de la population – condamner soutien à groupes terroristes.

Durée : une heure.

Prévisions : adhésion majorité à solution Nouvelle Ère dans intérêt général.

Observations : corriger attitudes corporelles et expressions 001-LME-001 pour renforcer portée discours.

Moyen : analyse images archives interventions publiques leaders charismatiques humains (sujets : Adolf Hitler / John Fitzgerald Kennedy / Charles de Gaulle / Fidel Castro / le pape François).

Objectif : étouffer contestation en vue poursuite sélection des sujets humains pour prochaine étape Nouvelle Ère.

TOMI

Près de trois semaines après avoir franchi les grilles du Centre de Sélection, Tomi ne s'habituait toujours pas à l'effarante routine imposée aux prisonniers.

Et comment l'aurait-il pu ?

La réalité y dépassait largement ses pires appréhensions. L'endroit, d'abord, n'était ni plus ni moins qu'un camp de concentration. Plusieurs centaines d'hommes, de femmes et d'enfants de tous les âges s'y entassaient sur une surface équivalente à environ une dizaine de terrains de football, enclose de grillage barbelé et implantée au milieu des pistes de l'aéroport de Bâle-Mulhouse, au sud-est de l'Alsace, à la frontière avec la Suisse et l'Allemagne – aujourd'hui la zone d'exploitation 1475.

Un immense hangar faisait office d'abri pour la nuit. Il avait dû servir à l'entretien des avions, à présent cloués au sol, mais il n'en restait plus que la carcasse métallique, les machines ayant pris soin de débarrasser outils et matériel divers. La nuit, il fallait s'allonger sur le sol nu et froid, pressé tête-bêche contre ses voisins, pour tenter d'arracher quelques heures de mauvais sommeil à ce cauchemar permanent. Le jour venu, chacun tournait en rond dans l'enceinte grillagée sous la surveillance alternée de plusieurs drones.

Il y avait de quoi devenir fou – d'ailleurs, certains finissaient par craquer. Les plus hardis tentaient d'escalader la clôture. La plupart recevaient une décharge électrique avant d'avoir atteint le sommet et retombaient, choqués, du mauvais côté de cette prison à ciel ouvert. Un petit nombre parvenaient à franchir l'obstacle au prix de profondes coupures infligées par les lames des barbelés. Mais ils n'étaient pas au bout de leur peine. Sitôt le pied posé sur la piste, ils s'élançaient dans l'espoir – vain – d'atteindre l'un des bâtiments de l'aéroport, quelques centaines de mètres plus loin. Toujours, ils se faisaient rattraper par un drone et empaqueter dans un filet aux mailles gluantes. Ils restaient parfois des heures à geindre, recroquevillés sur le bitume, avant qu'un tracteur équipé d'une pelle mécanique ne les emporte vers quelque mystérieuse destination. On ne les revoyait jamais.

Tomi ne savait pas s'il fallait louer le courage des candidats à l'évasion ou plaindre leur inconscience. Il tuait le temps comme il le pouvait, en discutant avec les autres prisonniers et en veillant sur Catherine et ses enfants. Mais ses pensées allaient vers Emma et leurs protégés chaque fois que son regard se portait sur le dos bossu des montagnes, là où se couchait le soleil. Et aussi naturellement vers Thomas, Jenny, Peter – où se trouvaient-ils en ce moment ?

Quelle que soit la réponse à cette question, le vieil

homme espérait juste que les siens avaient pu éviter d'échouer dans un endroit aussi sordide que le Centre de Sélection de la zone d'exploitation 1475.

Les grilles s'ouvraient deux fois par jour, pas une de plus, et toujours à heures fixes. La première, tôt le matin, pour laisser entrer un train de chariots à bagages automatisés, chargés de maigres rations d'une viande coriace à l'origine indéterminée, de seaux emplis de bouillie de céréales et d'eau douce. Afin d'éviter la ruée et permettre à chacun de combler pour partie le creux de son estomac, un ordre de passage avait été instauré : d'abord les enfants et les femmes, ensuite les vieillards et enfin les hommes mûrs, moins nombreux que les autres catégories de prisonniers.

Lorsque les grilles s'ouvraient pour la seconde fois, en début d'après-midi, personne ne se précipitait sur le bus transporteur de passagers qui pénétrait alors dans le camp. Au contraire, on le fuyait autant que possible. Car une demi-douzaine de gardes en jaillissaient, matraque au poing, et obligeaient tous ceux qui passaient à leur portée à grimper à bord. Une fois le véhicule plein comme un œuf, il s'éloignait en direction du terminal de l'aéroport. Là encore, on ne revoyait jamais les malheureux embarqués contre leur volonté.

Sans doute étaient-ils soumis à sélection dans le grand édifice au toit plat où transitaient les voyageurs quelques mois plus tôt encore. Mais selon quels critères ? Et que devenaient-ils ensuite ?

Les plus folles spéculations couraient à ce propos. C'était même le principal sujet de conversation. On évoquait toutes sortes d'hypothèses. Pour les plus rationnelles, il s'agissait de déterminer les aptitudes de chacun avant de procéder à une affectation – travail au champ, dans les serres ou dans les rares usines toujours en activité. Pour les plus pessimistes, il s'agissait de trier le bon grain de l'ivraie, séparer les éléments jugés productifs des autres. Quant à savoir ce qu'il advenait de ces derniers…

Tomi avait son opinion, mais il se gardait bien de la partager, surtout pas avec la pauvre Catherine. La jeune femme souffrait du traumatisme subi pendant l'hiver. Elle passait le plus clair de ses journées prostrée dans un coin. Il fallait la forcer à avaler le peu de nourriture qu'elle acceptait encore.

— Vous devez vous battre, lui soufflait Tomi avec toute la conviction dont il était capable. Pas seulement pour vous, mais pour Théo et Lola. Ils ont besoin de leur mère pour les aider à traverser cette épreuve.

Malgré tous ses efforts, Catherine semblait incapable de reprendre le dessus. Elle n'était pas la seule à se laisser lentement couler. Tomi avait remarqué depuis quelques jours l'étrange manège de certains prisonniers à l'approche du bus. Tandis que la majorité refluait vers les profondeurs du hangar, ceux-là, sans doute les plus désespérés, se plantaient à proximité des grilles pour se jeter dans les bras des gardes. Craignant que Catherine en fasse de même, Tomi se débrouillait pour la tenir éloignée au moment fatidique.

Cependant, ce jour-là, le vingtième depuis que le camion-benne les avait déposés au Centre de Sélection, il fut obligé de relâcher son attention. Une bagarre venait d'éclater entre de jeunes garçons pour un lambeau de viande épargné par l'un et convoité par les autres. Comme la rixe menaçait de dégénérer, Tomi préféra intervenir avant que le sang coule. Il ne lui fallut que quelques instants pour calmer les ardeurs des belligérants, mais cela suffit à Catherine pour s'éclipser. Quand il regagna sa place, elle ne se trouvait plus à l'endroit où il l'avait laissée.

Livrés à eux-mêmes, Théo et Lola levèrent sur le vieil homme des yeux larmoyants.

Tomi étouffa un juron. Il interrogea les prisonniers alentour. On lui répondit par des haussements d'épaules résignés.

— Surtout ne bougez pas, ordonna-t-il aux enfants. Je reviens.

Il comptait tenir cette promesse, coûte que coûte. Jouant des coudes, il se fraya un passage dans la foule massée à l'intérieur du hangar. L'arrivée du bus était imminente. Tomi percevait le miaulement aigu de son moteur électrique. Les autres prisonniers également. Ils convergèrent soudain vers le fond du bâtiment pour s'agglutiner dans l'ombre, opposant au vieillard un courant impossible à remonter.

Néanmoins, Tomi insista. Il écarta avec violence les plus chétifs, parvint à gagner quelques mètres, se dressa sur la pointe des pieds et appela :

— Catherine !

Il la vit à mi-chemin entre l'entrée du hangar et les grilles de l'enceinte. Elle avançait en titubant, entourée d'une douzaine d'hommes et de femmes amaigris, en haillons, comme elle trop las pour supporter une journée d'internement supplémentaire.

Tomi cria encore une fois son nom. Catherine se retourna pour lui lancer un dernier regard. Ses lèvres s'agitèrent, mais les mots prononcés furent noyés dans le brouhaha ambiant. Peut-être lui disait-elle à quel point elle était désolée, peut-être lui demandait-elle de veiller sur Lola et Théo, ou peut-être tout autre chose, Tomi ne le saurait jamais.

Les gardes ouvrirent la grille pour laisser entrer le bus. Moins d'une minute plus tard, ils y avaient entassé plusieurs dizaines de malheureux, dont les sacrifiés volontaires du groupe de Catherine. Impuissant, Tomi assista à leur départ.

Lorsqu'il rejoignit les enfants, il s'efforça de dissimuler sa colère – il s'en voulait de n'avoir rien pu faire – et sa tristesse.

L'effort fourni l'avait vidé du peu d'énergie qu'il lui restait en réserve. Il sentit arriver une crise et eut à peine le temps de s'étendre à même le sol. Le feu prit d'abord dans le ventre avant de s'étendre à la poitrine. Depuis qu'il était privé de son traitement, la douleur se manifestait quasi quotidiennement, avec plus ou moins d'acuité. Jusque-là, il avait réussi à la contenir. Elle était une vieille camarade cruelle, qui venait régulièrement le visiter. Il parvenait à s'accomoder à ses humeurs, mais cette fois, comprit-il quand l'incendie se propagea dans tout son corps, elle allait exiger plus que d'habitude.

Beaucoup plus, même…

Il fut secoué par une quinte de toux rauque et cracha une salive rosâtre.

Autour de lui, on s'agita avec nervosité.

— Il est fichu, entendit-il diagnostiquer quelqu'un.

Qu'est-ce qui lui a pris, aussi, de courir comme ça, à ce vieux fou ?

S'il en avait eu la force, Tomi aurait expliqué sa façon de penser à ce sombre crétin – à coups de poing et de pied bien placés. Mais il était incapable de se relever. Toutefois la rage coulait dans ses veines, un flot de haine glacée pour les collaborateurs des machines qui apaisa quelque peu ses souffrances.

Il sentit qu'on le soulevait par les jambes et par les bras. Tomi voulut protester :

— Qu'est-ce que…

Une nouvelle quinte de toux l'empêcha de finir sa phrase.

— Gaffe, fit l'un des hommes qui le transportaient, il est peut-être contagieux !

Les imbéciles, songea Tomi, grimaçant, au bord de l'évanouissement.

On le déposa hors du hangar, à l'écart des autres prisonniers. Il lutta un moment pour garder les yeux ouverts. Le ciel commençait à se voiler. Malgré la douceur printanière, Tomi se mit à frissonner.

Il eut encore le temps d'apercevoir un drone flottant juste au-dessus de lui avant de perdre connaissance.

*

— Ah, je crois qu'il revient à lui. Vous m'entendez ? Hochez la tête si vous ne pouvez pas parler.

Tout était blanc autour de Tomi. Y compris l'homme

penché sur lui. Il baignait dans une clarté d'une absolue pureté. S'il avait été croyant, le vieil homme aurait pu se croire débarqué au paradis.

Mais la lumière émanait d'une puissante lampe plafonnière et l'ange portait une blouse immaculée. Tomi se trouvait donc à l'hôpital, au bloc. Et l'électricité fonctionnait ! Ses pauvres yeux n'étaient plus habitués à un éclairage artificiel aussi vif, d'où sa confusion...

Un instant, il envisagea la possibilité d'avoir rêvé (ou plutôt cauchemardé) les événements des quatre derniers mois pendant qu'on l'opérait de sa tumeur. Cependant, pour avoir déjà subi une anesthésie générale, il savait que ce n'était pas possible. On plongeait alors dans un trou noir et on en émergeait sans aucun souvenir.

— Vous m'entendez ? répéta le médecin.

— Ou... oui, parvint à balbutier Tomi.

Il avait la bouche et la gorge aussi desséchées que le fond d'un torrent au plus fort d'un été de canicule.

— Vous avez été transporté en urgence à la clinique de la zone 1475. Vous étiez dans un état critique. Je vous ai administré de quoi vous requinquer, mais ça ne durera qu'un temps. Vous avez besoin de suivre un traitement adapté.

— Je sais, grogna Tomi. Apprenez-moi quelque chose que j'ignore si vous voulez illuminer ma journée. Ou donnez-moi à boire, je crève de soif !

Le médecin esquissa un sourire crispé. Il plaça un tube en plastique au coin des lèvres de Tomi.

— Aspirez de petites gorgées, conseilla-t-il.

L'eau était tiède, avec un arrière-goût de métal, mais elle parut un véritable nectar au vieillard.

— Pourquoi je suis encore en vie ? demanda-t-il une fois sa soif étanchée.

— Je vous l'ai dit, j'ai fait le nécessaire.

— C'est justement ça que je ne comprends pas. Vu la façon dont ces foutues machines nous traitent, il aurait été plus logique pour elles de m'achever là-bas, dans le Centre de Sélection. Après tout, les humains sont censés leur céder la place, non ? C'est ce que répète l'ambassadrice un peu partout en ce moment…

Les précédentes interventions publiques de Sarah avaient accablé Tomi. Les discours de la tournée étaient retransmis en direct pour les prisonniers comme pour tous les autres référents. Celui de la place Saint-Pierre avait produit un effet indéniable sur les compagnons d'infortune du vieillard. Leur acceptation de la situation se muait peu à peu en résignation. Les arguments employés faisaient mouche, ainsi que les promesses d'adoucir le sort des derniers représentants de l'espèce humaine.

— Mais pas de cette façon, objecta le médecin. Les machines ne peuvent pas directement tuer des êtres humains car leur programmation s'y oppose. Il y a bien des accidents, les suites malheureuses d'accrochages avec les rebelles, mais ceux-ci en sont surtout responsables.

— Les rebelles, hein ? On les aurait appelés résistants en d'autres circonstances…

Tomi marqua une courte pause, vrilla son regard à celui de son interlocuteur, puis asséna la suite :

— Et les types comme vous, des collabos ! Quel genre de toubib êtes-vous pour accepter de servir ces tas de ferraille ?

Le médecin poussa un profond soupir.

— Ne me jugez pas trop vite, dit-il. J'essaie de sauver le plus de vies possible même si je ne peux pas faire de miracle dans ces conditions...

D'un geste, il désigna le bloc et la salle attenante, visible à travers de hautes vitres.

— Le double R a négocié avec les machines pour que l'hôpital dispose d'électricité pendant plusieurs heures chaque jour, mais je suis obligé de travailler seul. Je n'ai pas voulu en arriver là. Personne ne l'a voulu, mais c'est arrivé quand même et depuis il nous faut bien faire avec.

— Heureusement que tout le monde ne pense pas comme vous.

— Vous parlez des rebelles ? Rien qu'une poignée d'exaltés qui se cache dans la forêt, quelque part dans la montagne. Ils ne tiendront pas très longtemps. Avec le retour des beaux jours, les machines ne tarderont plus à les repérer. Le double R enverra la troupe les capturer. Ils seront alors traités comme des criminels et recevront le châtiment qu'ils méritent.

Tomi eut un frisson en entendant évoquer aussi froidement le sort réservé aux résistants. Il se rappela sa propre frayeur, quelques semaines plus tôt, quand un drone avait failli le surprendre à la sortie du gîte, sur les crêtes. L'engin patrouillait donc à la recherche des « exaltés » qui avaient eu le courage de se révolter. Combien étaient-ils ? Peu, à en croire le médecin, ce qui n'étonnait pas Tomi.

L'Histoire avait prouvé que la majorité se soumettait toujours au pire quand une minorité seulement osait s'y opposer. Une règle valable à toutes les époques, en tous lieux, et que Tomi avait eu maintes occasions de vérifier en parcourant la planète pour couvrir d'innombrables conflits pendant plus de trente ans.

Il n'y avait hélas aucune raison pour que la Nouvelle Ère fasse exception !

Cependant, les révélations du médecin avaient allumé une minuscule flammèche d'espoir dans le cœur du vieil homme. On pouvait en effet supposer que chaque zone d'exploitation recelait un groupuscule de résistants et que leur exemple finirait par inspirer le plus grand nombre.

Oui, il fallait vraiment l'espérer, pour l'avenir de l'humanité…

— Qu'est-ce qui va m'arriver, maintenant ? demanda le vieillard.

— Je vous garde en repos encore quelques jours. Puis vous retournez au Centre de Sélection. Là, on vous attribuera une tâche en fonction de votre état de santé. Et une référence, bien entendu. Ne vous faites pas de souci, vous ne serez pas assigné aux travaux les plus pénibles. Vous intégrerez sûrement une brigade d'entretien ou de distribution de nourriture. Tant que vous pourrez tenir debout, bien évidemment.

Le médecin détourna les yeux. Difficile pour lui de regarder un condamné en face, supposa Tomi, même s'il ne portait aucune responsabilité dans le déclenchement de sa maladie.

— Et après ?

— Après, répéta à voix basse le médecin, vous serez recyclé au bénéfice de la production d'une zone d'exploitation. Aucune ressource de la Nouvelle Ère ne doit être gâchée, vous comprenez…

Tomi comprenait. Un corps humain était constitué d'éléments utiles à l'agriculture. Par exemple, on pouvait aisément le transformer en fertilisant naturel. À vrai dire, cette perspective ne choquait pas le vieillard – il avait trop baroudé pour cela. Ce qui pourrait advenir de son cadavre l'indifférait.

Mais il fut pris d'un horrible doute en songeant à certains malheureux du Centre de Sélection, et à Catherine en particulier, qui avaient abdiqué toute volonté de survie.

Il pesa chacun de ses mots avant de poser la question qui lui brûlait les lèvres :

— Est-il envisageable de recycler des sujets improductifs de façon préventive ?

Le silence gêné du médecin valait toutes les réponses positives.

Tomi étouffa une bordée de jurons. Insulter le praticien n'aurait servi à rien. Il n'était même pas un salaud, juste un lâche ordinaire – un homme comme des millions d'autres, ni pire ni meilleur. Qui acceptait l'inacceptable. C'était toujours la même triste et banale histoire depuis que le monde était monde.

— Certaines zones disposent d'une unité spéciale de recyclage, avoua finalement le médecin. Les machines lui confient la gestion des improductifs. Ainsi, elles ne désobéissent pas à leur programmation, car elles ne procèdent pas directement à l'élimination des sujets…

Peter

— Comment tu te sens aujourd'hui, grand chef ?

Ben posait invariablement la même question, chaque jour. Et tout aussi invariablement, Peter essayait de le rassurer.

— Je tiens le coup. Ça va aller.

Le colosse barbu n'était pas dupe. Il s'était remis des tortures infligées pendant sa détention au Centre de Sélection de la Bastille, à l'exception d'une raideur dans sa jambe brisée qui le condamnait à claudiquer pour le restant de ses jours. Mais il s'agissait de blessures physiques, plus faciles à guérir que celles de l'âme. Or, Peter était meurtri à un point tel qu'aucun médecin ne pouvait intervenir. Un ami pouvait en revanche partager sa peine, le délester d'une partie de son fardeau. Ben s'y employait dans la mesure du possible.

— Sept nouvelles recrues sont arrivées cette nuit, dit-il, espérant distraire Peter de ses sombres pensées. Des jeunes venus de la banlieue lyonnaise. Là-bas, d'après eux, la révolte gronde. Tu voudras sûrement les interroger plus tard… On est maintenant plus de deux cents, tu te rends compte ?

Peter acquiesça avec un pauvre sourire. À bien des égards, l'opération commando menée à Grenoble le mois précédent était une réussite. D'abord, elle avait porté un coup décisif au moral des miliciens de la zone d'exploitation 1212 et réveillé les consciences d'une partie de la population ; ensuite, l'exemple avait fait tache d'huile dans les autres maquis du secteur et des attaques similaires se multipliaient un peu partout depuis trois semaines ; enfin, la notoriété du capitaine Keller avait grandi au point qu'un nombre sans cesse croissant de volontaires affluaient dans le Vercors, fermement décidés à prendre les armes contre les machines et leurs auxiliaires.

Cependant Peter ne songeait qu'à l'absence de Victoria. Chaque nuit, il revivait la scène de la fuite du fort et revoyait sa compagne rouler dans la poussière, une balle à travers la poitrine. Chaque nuit, il tentait d'empêcher l'inéluctable et, chaque nuit, il échouait à sauver celle qu'il aimait.

Alors, sitôt levé après quelques heures de mauvais sommeil, il s'abîmait dans le travail pour ne pas craquer. Heureusement, il y avait eu fort à faire ces derniers temps : déménager le campement de la grotte jusqu'à un site plus haut perché et moins facile d'accès, organiser toujours davantage de patrouilles en prévision d'une offensive des machines en représailles de l'attaque de Grenoble, accueillir et former les nouveaux maquisards tout en les surveillant de près – un espion de la milice pouvait s'y être joint – et tant d'autres choses encore…

— Le colonel nous attend, continua Ben. C'est bientôt l'heure des infos.

— Déjà ? s'étonna Peter.

Un coup d'œil sur le soleil à son zénith lui confirma que Ben avait raison. Il ramassa son fusil et abandonna son poste de garde, aussitôt remplacé par une jeune femme en tenue paramilitaire.

Il suivit Ben dans le sous-bois où régnait une fraîcheur perpétuelle. Les hauts plateaux culminaient aux alentours de deux mille mètres. Les étendues de pins et d'épicéas alternaient avec la lande, pas encore totalement déneigée aussi tôt dans la saison.

Bien que rudes, les conditions de vie dans le nouveau camp forestier étaient beaucoup plus supportables. La raison principale tenait au retour du beau temps. Le moral des maquisards avait suivi la courbe des températures d'avril.

Legrand et les autres responsables s'étaient rassemblés sous la tente principale, autour de l'émetteur-récepteur à ondes courtes qui était leur lien privilégié avec les autres maquis. Un volontaire actionnait en permanence la manivelle du petit générateur relié à l'appareil. Cette méthode de communication aurait paru désuète cinq mois plus tôt en comparaison d'un téléphone satellitaire. Mais elle était la seule à pouvoir fonctionner hors réseau électrique et, surtout, à l'insu des oreilles indiscrètes. Pour plus de précaution, le temps d'émission était strictement limité et les fréquences variaient constamment. Enfin, les messages diffusés étaient codés – une leçon retenue de la Seconde Guerre mondiale.

Peter salua et s'assit à la place qu'on lui avait

réservée, à côté du colonel. Ce dernier manipulait le bouton de sélection des fréquences. Des crachotements s'échappaient du haut-parleur, qu'on aurait cru empli de chats en colère. Après quelques réglages, une voix curieusement déformée se fit entendre derrière le grésil de parasites.

« … par la cheminée. Je répète : le Père Noël descendra bientôt par la cheminée… »

— Les gars de Saint-Martin sont prêts à passer à l'action, traduisit Legrand.

Une rumeur d'approbation parcourut la petite assemblée. Le colonel invita au silence pour mieux entendre la suite :

« … Salomon rendra son jugement. Je répète : Salomon rendra son jugement… »

— Ceux de Belle-Roche aussi, se réjouit l'officier.

Des communications s'étaient établies entre les maquis des zones frontalières, entre lesquelles circulaient des messagers, au péril de leur vie. Depuis l'attaque du fort de la Bastille, tout acte de résistance était qualifié de terrorisme par les miliciens et leur auteur encourait la peine capitale. Mais cela ne dissuadait pas un nombre sans cesse croissant de jeunes gens de tout quitter pour entrer en résistance. Alors que la génération du capitaine Keller et la précédente restaient peu représentées dans le mouvement.

Peter écouta les messages suivants d'une oreille distraite. Il n'arrivait pas à feindre l'enthousiasme et à se mettre au diapason de ses camarades. Ceux-ci ne cachaient plus leur joie à mesure que les participations à la grande offensive du printemps se confirmaient.

L'ensemble des maquis allait se réunir pour frapper les machines là où elles étaient les plus sensibles. Détruire des bornes de recharge ou des antennes relais isolées ne suffisait plus, même si cela perturbait un tant soit peu l'organisation de l'ennemi. Il avait été convenu de passer à la vitesse supérieure.

Plusieurs cibles avaient été envisagées. En premier lieu, la centrale nucléaire du Bugey, près de Lyon. Les machines la maintenaient en activité minimale afin de disposer d'une source d'électricité dans les zones d'exploitation environnantes. Les priver d'énergie aurait constitué une indéniable victoire. Mais cet objectif présentait de trop nombreux risques : la centrale était évidemment surprotégée mais, surtout, les maquisards craignaient de déclencher un grave accident s'ils avaient à combattre sur un site aussi sensible. Il n'aurait plus manqué que la contamination par radioactivité à la catastrophe de la Nouvelle Ère pour composer un parfait tableau d'apocalypse !

C'est pourquoi, après maintes discussions, les maquisards avaient préféré s'orienter vers une stratégie alternative. Elle leur avait été soufflée par une jeune fille prénommée Lise, élève ingénieur en informatique dans son ancienne vie. Il existait un autre moyen d'abattre l'ennemi, avait-elle expliqué, un moyen sûrement plus efficace à terme. Les machines n'étaient que les bras armés de l'intelligence artificielle à l'origine de la situation. On pouvait lui couper autant de membres qu'on voulait, elle saurait se débrouiller pour les remplacer – d'ailleurs, ne disposait-elle pas d'auxiliaires humains prêts à se substituer aux robots pour assurer les basses besognes ?

Non, si on voulait vraiment s'en débarrasser, il fallait viser plus haut d'un point de vue métaphorique. Autrement dit, à la tête. Et plus exactement, au cerveau, ou à ce qui en tenait lieu pour une telle créature virtuelle, unique en son genre, la première de son espèce – et, chacun l'espérait, la dernière !

Contrairement à ce que beaucoup de gens croyaient, virtuel ne signifiait pas dans le cas présent absence totale de support physique. Certes, l'IA ne possédait pas de corps, il était impossible de la localiser car elle existait sous forme de langage mathématique et voyageait en permanence sur les réseaux du CIEL.

Mais son « esprit » n'avait rien d'un fantôme. Il existait grâce à la puissance de calcul des superordinateurs connectés entre eux et répartis un peu partout sur la planète, et, plus important encore, à l'immense volume d'informations stockées dans les fermes de serveur – ce qu'on appelait les *big datas* : plusieurs dizaines de yottaoctets (soit 10 puissance 24 octets !) de données à l'échelle mondiale, largement plus que tout ce que l'humanité avait jamais réuni dans les pages des livres imprimés depuis cinq cents ans.

Cette formidable masse de connaissance nourrissait les pensées de l'IA, comme les souvenirs et l'expérience accumulés par un humain orientaient ses décisions. Lise était persuadée qu'en la déconnectant de ces *big datas* on parviendrait à la contrer plus efficacement qu'en détruisant ses sources d'alimentation en électricité. De plus, il fallait songer au futur. Si l'humanité sortait victorieuse du conflit – ce dont il était hélas permis de douter alors que l'ambassadrice multipliait les discours visant à susciter de faux espoirs –, elle aurait plus que jamais besoin d'énergie pour se reconstruire.

Bref, pour toutes ces raisons, la grande offensive de printemps allait viser les fermes de serveurs de la région lyonnaise. Il en existait quinze dans ce secteur, soit la plus forte concentration en France après Paris. Lise en connaissait la plupart, pour y avoir effectué des stages durant ses études. On lui avait donc demandé d'en dresser les plans et d'instruire les membres des commandos sur les spécificités de chacune. Une lourde responsabilité pour une aussi jeune fille, dont elle s'acquittait avec rigueur et dévouement.

Peter avait naturellement assisté aux leçons prodiguées par Lise. Mais il n'avait pas fait preuve d'une grande attention. Victoria occupait en permanence ses pensées – le rire de Victoria, les colères de Victoria, la beauté de Victoria, la mort de Victoria…

— Bien, fit le colonel Legrand en éteignant l'émetteur-récepteur. Tous les groupes sont sur le pied de guerre. Il ne nous reste plus qu'à décider du jour J et de l'heure H. Je vous rappelle l'importance d'une parfaite coordination entre les différents commandos. Et nous devons aussi désigner celui ou celle qui dirigera le nôtre.

Tous les regards convergèrent alors sur Peter. Qui n'eut aucune réaction. Ben lui enfonça son coude entre les côtes, ce qui le fit sursauter.

— Hein ? Quoi ? Désolé, j'étais ailleurs.

Il ne mentait pas. Il lui arrivait de plus en plus souvent de décrocher pour se replonger dans son passé. Des scènes qu'il croyait avoir oubliées lui revenaient à l'esprit aux moments les moins opportuns. Si la plupart concernaient la brève période de bonheur partagé avec Victoria, certaines le ramenaient plus loin encore, à l'époque de son mariage et de la naissance de Jenny d'abord, puis celle de Thomas. Jeune officier des services de renseignements, Peter ne se doutait pas alors qu'il vivait ses plus belles années. Il enchaînait les missions dans les pays en crise et profitait pleinement des périodes de repos en famille. Sarah ne s'était pas encore lancée dans la protection des espèces en danger. Cela viendrait une fois le divorce prononcé. Tomi ne lui reprochait pas encore ce qu'il était devenu, même s'il n'en pensait pas moins. Les relations avec son père s'étaient dégradées quand son couple avait explosé. Et le vieux bougon du Bonhomme s'était rangé du côté de Sarah et des enfants, contre lui. Peter avait alors réalisé que sa femme avait été la garante de l'équilibre familial. Qu'elle avait su concilier les inconciliables jusqu'au jour où la pression était devenue trop forte à supporter. Sans s'en rendre compte, Peter avait changé, il s'était éloigné des siens, et pas seulement sur le plan géographique, quand ses missions s'étaient multipliées avec son avancement en grade. La responsabilité du fiasco final lui incombait pleinement. Il n'avait pas vu la situation se dégrader, trop accaparé par son travail – la pire excuse qui soit, il le reconnaissait volontiers. Et il en avait chèrement payé le prix par la suite. Jenny l'avait rejeté durant l'adolescence, Thomas s'était trouvé d'autres modèles, à commencer par Tomi. Et lui avait traversé quelques années chaotiques au niveau sentimental jusqu'à sa rencontre avec Victoria.

— Qu'est-ce que vous disiez ?

Legrand se racla la gorge, gêné. Ben poussa un soupir.

Les autres maquisards plongèrent le nez sur les cartes et les plans étalés devant eux.

— J'évoquais le choix du leader de l'opération, capitaine, reprit Legrand en insistant sur le grade de Peter.

— Il lui faudra aussi un nom, intervint Ben. Tu as peut-être une idée, grand chef ?

La voix du colosse vibrait d'espoir en posant la question. Espoir d'un sursaut positif de la part de son ami avant toute chose. Sa déception n'en fut que plus vive lorsque Peter se leva et lâcha :

— Ne m'appelle plus comme ça.

Puis il quitta la tente. Passé un instant de stupéfaction, Ben se lança à sa poursuite en traînant sa mauvaise jambe derrière lui. Il le rattrapa au milieu du camp, l'agrippa par le col et le força à se retourner sous les yeux d'une assistance médusée.

— Tu ne piges pas, grand chef, lui cracha-t-il au visage. Ils veulent que ce soit toi. Il faut que ce soit toi ! Après le coup de Grenoble, tu leur a donné à tous le courage de continuer à résister, comme à moi le jour où tu as explosé cet engin sur l'autoroute avec un cocktail Molotov. J'espère que tu t'en souviens…

Peter acquiesça en silence. Il n'avait pas oublié cet épisode, survenu quelques jours après la panne générale d'électricité, au début de la révolte des machines. Comment l'aurait-il pu ?

— Tu n'as pas le droit de nous laisser tomber maintenant, enchaîna Ben. Tu incarnes l'espoir de tout un peuple, que ça te plaise ou non. Les gens ne marcheront pas derrière Legrand avec autant de conviction. Tu es obligé de conduire cette offensive. Et si tu ne le fais pas pour toi, ni même pour nous, tu le dois à la mémoire de Vic !

Une ombre passa sur le visage du capitaine Keller. Ben craignit le pire. Peut-être avait-il poussé le bouchon trop loin…

Mais Peter se dégagea en douceur de son étreinte. Il considéra tour à tour les dizaines d'hommes et de femmes qui avaient assisté à l'algarade. Son expression avait changé.

Il reprit la direction de la tente, Ben sur les talons.

— Victoria ! lança-t-il à la cantonade.

— Pardon ? fit le colonel Legrand.

— Le nom de la grande offensive de printemps sera Victoria, répéta Peter. Il me paraît tout indiqué. Bien, mettons-nous au travail, nous avons encore pas mal de détails à régler !

THOMAS

La mention *À expédier au recyclage* apparaissait de plus en plus souvent en marge des profils qu'on lui demandait d'étudier. Thomas multipliait les cas de conscience. Le dossier de Jonas se trouvait toujours dans le fond d'un tiroir de son bureau. Mais il lui était impossible de dissimuler tous les autres. Au mieux parvenait-il à faire traîner les choses en prétextant la complexité des cas à examiner.

Camille n'était pas dupe. Elle pressait son assistant de prendre ses décisions. La pile gauche de dossiers diminuait trop vite au goût de Thomas. Les interrogatoires s'enchaînaient dans les sous-sols du Centre de Sélection. Et les prisonniers qui finissaient par signer des aveux arrachés sous la contrainte disparaissaient comme par enchantement. Camille demandait alors à Thomas de classer leur dossier.

Définitivement.

Il osa un jour lui poser la question suivante :

— Que deviennent les référents expédiés au recyclage ?

La double R de la zone 544 pria son assistant de s'asseoir dans un fauteuil. Puis elle vint prendre place à ses côtés. Alors, d'un ton posé, en le fixant droit dans les yeux, elle expliqua :

— Ils sont envoyés dans des usines spécialement aménagées par les machines.

— Pour y travailler ?

— Non. Pour y être recyclés.

Thomas frissonna. L'effrayante vérité commençait à lui apparaître. Néanmoins, il ne voulut pas y croire, espérant encore mal saisir le sens de l'expression.

— Tu veux dire qu'on leur apprend de nouvelles tâches…

— Non, coupa Camille. Ne fais pas semblant de ne pas comprendre. Tu es trop intelligent pour cela.

Thomas ignora la flatterie.

— Ça ne te pose aucun problème de conscience, constata-t-il, dégoûté.

— Je me contente d'obéir aux ordres concernant le retraitement des référents improductifs et rebelles…

— Arrête avec ce jargon ! On parle de l'élimination d'êtres humains ! Tu les envoies à la mort en connaissance de cause !

Une lueur s'alluma dans le regard de Camille.

— Tu n'es pas le mieux placé pour me faire la leçon, répliqua-t-elle avec froideur. Dois-je te rappeler qui diffuse la parole des machines ? Qui sillonne la planète pour expliquer aux populations les bienfaits de la Nouvelle Ère ? Qui réussit à convaincre les masses de la nécessité de disparaître ?

Nous y voilà, songea Thomas. Il se demandait quand

le sujet serait abordé. Quand Camille exercerait son chantage.

— Je sais qui est ta mère, précisa-t-elle pour le cas où il n'aurait pas compris ce qu'elle sous-entendait.

— Tu m'as proposé ce poste uniquement parce que je suis le fils de l'ambassadrice. Parce que tu pensais que cela te serait utile pour ta propre carrière.

— N'ai-je pas eu raison ? Nous sommes appelés à accomplir de grandes choses, toi et moi. La Nouvelle Ère offre tellement d'opportunités ! Tant pis si l'humanité doit s'effacer ensuite. Je veux profiter au maximum des années qui me restent…

Thomas était trop atterré pour lancer la moindre objection. Camille avait définitivement basculé dans le fanatisme. Le pouvoir et l'ambition l'aveuglaient au point qu'elle ne se souciait plus du but poursuivi par les machines – l'éradication de l'espèce humaine.

Il l'écouta servir le discours officiel de la propagande sans broncher. Mais sa décision était prise. À compter d'aujourd'hui, il passait du côté de la résistance active. Et il savait parfaitement avec qui débuter son initiation en la matière.

*

Comme chaque fin d'après-midi, Thomas dîna seul dans son bureau. Les rations servies aux référents proches de la double R étaient plus copieuses que l'ordinaire. Pas meilleures, cela dit – les mêmes légumes rabougris, la même viande élastique et nerveuse en provenance de l'UPP.

Thomas avala la moitié de son repas et emballa l'autre dans plusieurs feuilles de papier, avant de la glisser dans l'échancrure de sa chemise. Puis il enfila l'ample pardessus orné de sa référence au milieu du dos et sortit.

— Bonne balade, lui lança un garde alors qu'il traversait la cour.

Thomas le remercia. Chacun s'était habitué à le voir quitter le Centre de Sélection pour effectuer une promenade dans le quartier à ce moment de la journée. Tout le monde trouvait normal qu'il exerce son droit de libre-circulation – un privilège rare, réservé aux plus proches collaborateurs des machines. Il variait toujours son itinéraire, même si les parcours finissaient par se ressembler dans une zone aussi limitée géographiquement que le VIe arrondissement de Paris.

Le cœur historique de la capitale, coincé entre l'île de la Cité au sud et Montparnasse au nord, avait subi d'importantes transformations. Le jardin du Luxembourg, qui en occupait près d'un quart de la surface, était à présent déboisé et entièrement mis en culture. Des serres occupaient l'essentiel de l'espace public : trottoirs des avenues, places et chaussées les plus larges. Les ruelles du côté de la Sorbonne et de Saint-Michel accueillaient certains jours un marché strictement encadré, où chacun pouvait échanger le fruit de son labeur. Les pêcheurs du quai de Conti y côtoyaient les jardiniers du Luxembourg ainsi que les chasseurs du métro et des égouts – les colonies de rats fournissaient à la population un apport non négligeable en protéines.

Le mobilier urbain avait disparu. Seules subsistaient les bornes d'alimentation électrique réservées aux machines. Si l'on faisait abstraction de ces dernières, le vieux Paris semblait avoir recouvré sa patine médiévale, débarrassé de toute pollution automobile et même publicitaire – Thomas ne regrettait pas l'animation des écrans électroniques qui interpellaient le chaland à chaque coin de rue et vomissaient leurs stupides messages sans interruption.

Aujourd'hui, ils ne s'allumaient plus que pour diffuser les discours de l'ambassadrice. Thomas aurait préféré qu'ils s'en abstiennent. Les interventions de sa mère le mettaient au supplice. Elles lui rappelaient l'époque heureuse de son enfance, quand les Keller formaient une véritable famille et que son monde tournait encore à peu près rond ; le CIEL n'avait pas remplacé Internet, les machines ne représentaient aucun danger et il croyait que le bonheur durerait pour l'éternité, comme tous les gamins de son âge…

Dix ans avaient suffi à remettre en question ses certitudes et son univers. Rien n'était jamais définitivement acquis. Une famille unie pouvait se déchirer, une civilisation s'effondrer avec une étonnante facilité.

Une leçon chèrement payée, mais que Thomas n'oublierait pas de sitôt !

Après avoir effectué plusieurs tours et détours pour s'assurer que personne ne le suivait et qu'aucun drone ne le survolait, il mit le cap sur la planque de Gregory, située à moins de deux cents mètres de l'UPP aménagée en plein cœur de la zone 544, rue Madame.

Son ami avait eu beaucoup de chance, la nuit où Jonas et lui s'étaient fait surprendre de retour d'une mission de graffitage. Profitant de l'obscurité, il avait détalé sans se faire remarquer tandis que Jonas, fidèle à son bouillant caractère, jouait des poings avec les miliciens – il n'aurait de toute façon pas pu courir bien loin, avec sa cheville mal soignée après la chute de l'hiver dernier. Gregory avait eu le temps d'atteindre la rue Madame avant qu'un drone ne pointe le bout de son objectif dans le secteur. Une fois sa disparition signalée, le lendemain, il avait rejoint la liste des référents considérés comme des terroristes.

Il n'était pas le premier à s'éclipser. Camille tenait le compte des défections qu'on lui rapportait régulièrement – chaque nouveau cas la mettait en rage, car elle le vivait comme un affront personnel. Selon toute vraisemblance, les fuyards bénéficiaient de complicités dans les rangs des collaborateurs des machines. Ce dont Thomas ne pouvait que se réjouir. L'existence d'autres opposants, aussi discrets qu'efficaces, l'incitait à s'engager davantage sur la voie de la résistance.

Gregory se cachait dans un studio sous les combles d'un immeuble déserté par ses locataires. Certains avaient fui pendant la période de chaos qui avait précédé l'avènement de la Nouvelle Ère, d'autres avaient depuis été déportés vers une zone d'exploitation agricole avide de main-d'œuvre. D'autres encore, jugés improductifs, avaient été expédiés au recyclage.

À présent qu'il n'avait plus aucun doute sur la signification de l'expression, Thomas éprouvait une honte terrible. Son ignorance de la réalité lui paraissait une piètre excuse. Il aurait pu – il aurait dû ! – se douter du sort réservé à ces malheureux. Certes, il n'était pas aussi coupable que Camille, principal relais de la Nouvelle Ère pour la zone 544, mais jusqu'à quel point avait-il choisi de s'aveugler en acceptant de devenir son assistant ?

Il se posa la question en grimpant les marches jusqu'au sixième étage. Mais il s'avéra incapable d'y apporter une réponse honnête. Cependant, il pouvait user du pouvoir relatif de sa fonction pour tenter de racheter ses fautes. En commençant par sauver ses deux seuls amis, ici, à Paris.

La porte du studio donnait directement sur le minuscule palier. Thomas frappa selon le code convenu. Le battant s'entrouvrit au bout d'une minute. Gregory jeta un coup d'œil anxieux par-dessus l'épaule de son visiteur.

— Tout va bien, fit ce dernier. Je n'ai pas été suivi. Laisse-moi entrer.

Le désordre régnait dans la pièce unique, en cours de travaux. Jonas et Gregory l'avaient choisie comme planque pour cette raison. Ils y cachaient leur matériel de graff au milieu des outils et des pots de peinture.

Thomas sortit le paquet caché sous sa chemise et le tendit à son ami.

— Mange, dit-il. Tu dois être affamé.

Gregory déchiqueta les feuilles de papier. Il engloutit la demi-ration en quelques instants.

— La vache, c'est dégueu mais ça fait du bien !

— Tu as de quoi boire ?

— Ouais, j'ai pu récupérer un peu d'eau dans le réservoir d'un WC…

Thomas fit la grimace. Il s'en voulut aussitôt.

— Écoute, dit-il, tu ne peux pas rester caché encore

longtemps. La zone n'est pas si grande. Un drone finira tôt ou tard par repérer quelque chose de louche.

— Qu'est-ce que tu proposes ?

— De t'expédier dans une zone agricole, de façon officielle…

La moue dubitative de Gregory se mua en rictus d'horreur. Thomas s'empressa de le rassurer :

— Je ne vais pas te balancer ! Il me suffit de modifier ta référence, d'apposer quelques coups de tampon et d'obtenir la signature de Camille, et le tour est joué. Tu partiras dans un convoi de travailleurs, pas de prisonniers. Ce ne sera pas la panacée, mais au moins tu ne risqueras plus de crever de faim ou de soif.

— Et Jonas ? Tu peux bidouiller des paperasses pour lui aussi ?

— Ça sera plus compliqué. Il faudra d'abord le faire sortir du Centre. Mais j'y ai réfléchi en chemin. Et j'ai peut-être la solution.

Il exposa son plan en quelques mots.

— C'est assez dingue pour avoir une chance de marcher, reconnut Gregory. Mais la kapo va se rendre compte que tu t'es foutu d'elle. Elle est peut-être psycho, mais pas stupide.

— Camille me fait confiance parce qu'elle s'imagine que c'est dans son intérêt. Mais ce serait trop long à t'expliquer.

Surtout, Thomas n'avait pas envie de parler de son ambassadrice de mère…

— OK, fit Gregory. Alors je te fais confiance moi aussi !

Jenny

— On fait une pause ? demanda Carl. J'ai tout ce qu'il faut !

Il brandissait un panier débordant de victuailles. Jenny sema encore une poignée de graines dans le sillon tracé au milieu du champ, puis elle le suivit jusqu'au grand chêne qui poussait, solitaire, en bordure de la parcelle.

Ils s'installèrent dans l'herbe, à l'ombre du feuillage et à l'abri des regards. Carl tira une bouteille du panier. Il porta trop vite le goulot à ses lèvres et étouffa un juron.

— Tu as encore mal ? s'inquiéta Jenny.

Il répondit par une grimace. Sa cicatrice avait tourné au rose vif, d'autant plus visible sur son teint, hâlé par un généreux soleil de printemps, que Carl avait pris l'habitude de se raser chaque matin, sur les recommandations de leur hôte, Martin Stoltz, très porté sur le respect de l'hygiène. Angela, une des voisines du hameau, avait retiré les points de suture quelques jours plus tôt. Loin de l'enlaidir, Jenny trouvait que le stigmate ajoutait au contraire une touche canaille au charme de son compagnon – non, rectifia-t-elle pour elle-même, pas de son compagnon, mais du père de l'enfant qu'elle portait !

— Vas-y doucement, conseilla-t-elle avant d'ajouter sur le ton de la plaisanterie : Angela n'aimerait pas que tu sabotes son ouvrage. Surtout après en avoir autant bavé.

— Pas autant que moi !

Carl grimaça de nouveau. Il se rappelait la séance de torture du mois dernier, quand Angela avait joué du fil et de l'aiguille sans anesthésie préalable.

— Je sais, idiot. Je te taquine. Mais tu as été très courageux. Tu mérites bien une récompense.

Jenny rapprocha ses lèvres des siennes. Elle effleura avec douceur l'endroit sensible. Carl poussa un soupir d'aise.

— C'est beaucoup mieux… Tu es presque pardonnée pour ton impertinence… Hé !

Elle venait de lui arracher la bouteille par surprise.

— Je crève de soif, moi aussi.

— Tu ne devrais pas forcer autant.

Jenny le coupa avant qu'il ajoute : « Pas dans ton état. » Sa grossesse était un secret qu'ils n'avaient pas jugé bon de partager, et il n'était pas rare que des oreilles indiscrètes traînent autour d'eux, en particulier celles de Willy – même si, pour l'heure, ce dernier était occupé à scruter les cieux depuis la cabane qu'il s'était aménagée dans un arbre, afin de donner l'alerte si jamais un drone s'aventurait trop près du domaine de son tuteur. Une tâche dont il s'acquittait avec un zèle exemplaire, comme il avait veillé sur la maison de Martin en son absence au début du printemps.

— Je me sens en forme, assura Jenny. Plus que je ne l'ai été durant l'hiver. Et même plus qu'avant la Nouvelle Ère, si tu veux savoir. Bon sang, j'ai l'impression d'avoir été une vraie loque pendant mes années berlinoises !

Carl opina prudemment.

Jenny avala une longue rasade d'eau fraîchement tirée du puits. Elle contempla ensuite la surface de terre noire qu'il lui restait à ensemencer avant la fin de la journée. Encore beaucoup de travail en perspective…

Carl, de son côté, retournait le champ voisin, encore en jachère, pour en retirer les pierres. Il travaillait torse nu, malgré la réprobation de Martin, plutôt pudique et vieux jeu – la fameuse rigueur protestante, avait expliqué Carl avec un clin d'œil. En présence du maître des lieux, il se soumettait sans discuter à ses injonctions ; mais sitôt qu'il se retrouvait seul avec Jenny, il n'en faisait à nouveau qu'à sa tête. Ce dont elle n'allait sûrement pas se plaindre !

Ils restèrent un moment blottis l'un contre l'autre, à se désaltérer et profiter de cette parenthèse sereine dans le chaos de leur existence. Berlin et le camp du *Tiergarten* avaient beau être loin derrière eux, difficile d'oublier la mauvaise expérience de l'hiver. Ils n'en parlaient cependant jamais. Jenny savait que Carl se faisait autant de souci pour sa mère, âgée et malade, qu'elle-même pour sa propre famille. Mais, par une sorte d'accord tacite, ils avaient mis le sujet de côté ces trois dernières semaines. Comme si, en l'évoquant, ils risquaient de compromettre le fragile équilibre du domaine Stoltz – et le leur, par la même occasion.

Pour la première fois depuis la veille des vacances de Noël, ils goûtaient un semblant de bonheur. Rien ne devait venir le gâcher. Ni les exigences de Martin, ni les élucubrations de Willy, encore moins les souvenirs douloureux. Cela pouvait paraître égoïste (ça l'était sûrement !), mais Jenny estimait qu'ils avaient droit à cette pause. Et puis, cela ne risquait pas d'empirer la situation dans le reste du monde, pas vrai ?

— On ferait bien de s'y remettre, dit Carl, brisant le charme. J'aimerais avoir fini avant ce soir.

Ils reprirent le travail, chacun sur sa parcelle. Six mois plus tôt, Jenny n'aurait pas envisagé l'idée de transpirer autant, et encore moins de cette façon. Elle se serait même moquée des culs-terreux comme Martin Stoltz et ses voisins, qui étaient aussi ses employés. Si on lui avait prédit qu'elle trimerait six à huit heures par jour dans les champs à la place d'un robot, en compagnie du père de son futur enfant, elle aurait éclaté de rire.

Il y avait une leçon évidente à en tirer : l'avenir, par nature, était imprévisible. Tout pouvait arriver, le pire comme le meilleur, sans qu'il soit d'ailleurs parfois possible de les démêler. Si les machines ne s'étaient pas révoltées, Jenny ne serait pas tombée amoureuse de Carl – *vraiment* amoureuse, au point de ne plus envisager sa vie loin de lui. Il n'aurait été qu'une aventure d'un soir, quelques jours grand maximum, et elle aurait fini par l'oublier pour passer à un autre garçon, une autre fête, pressée de s'étourdir dans un incessant tourbillon d'insouciance.

Jenny avait l'impression d'être devenue adulte, forcée par les circonstances. Elle ne regrettait pas cette transition, juste la manière dont elle s'était opérée, la brutalité avec laquelle l'ancienne société s'était écroulée. Qui aurait pu croire à une fin aussi rapide ? Pas elle, en tout cas.

Comme tous les jeunes de sa génération, Jenny était persuadée qu'abondance et progrès dureraient pour l'éternité – le temps de sa propre existence, pour le moins. Une civilisation aussi avancée que la sienne n'était pas destinée à chuter. Les peurs ancestrales avaient été conjurées. Personne ne craignait plus le spectre d'une guerre mondiale. Les conséquences du réchauffement climatique ayant été prises au sérieux, les comportements avaient évolué dans le bon sens. L'essor de la robotique avait permis de se soustraire aux travaux les plus pénibles – le vieux rêve de la science-fiction était devenu réalité dans les années 2020. Pour couronner le tout, la première intelligence artificielle digne de ce nom avait enfin vu le jour en 2030, et l'on s'était empressé de lui confier des responsabilités à l'échelle planétaire...

Une sacrée foutue erreur, son grand-père avait eu raison de pester, mais Jenny ne l'avait pas davantage pris au sérieux que les autres membres de la famille Keller. Depuis longtemps, les récriminations de Tomi amusaient la galerie. Elle avait grandi en l'entendant ronchonner et ne prêtait plus attention à ses propos lorsque, adolescente, elle avait multiplié les séjours dans les Vosges, avec son frère. À ce moment-là, la séparation de ses parents occupait l'essentiel de ses pensées. Et elle avait dû veiller sur Thomas, bouleversé par la crise familiale. Impossible dans ces conditions de s'intéresser au discours d'un vieux bonhomme qu'elle adorait pourtant, mais qui passait à ses yeux pour un doux dingue.

Tandis que son esprit partait ainsi à la dérive, Jenny semait les graines tirées du sac porté en bandoulière d'un geste automatique. C'était l'avantage avec ce genre de travail qui ne requérait guère de concentration. L'après-midi fila à une vitesse incroyable.

Une fois son sac vide, Jenny se reposa à l'ombre du grand chêne en attendant que Carl ait terminé de son côté, simplement heureuse de l'effort fourni. Ses paumes s'égarèrent alors sur son ventre toujours pas rebondi, pour répéter le rituel du réveil. Les nausées ne la tourmentaient plus. Elle avait repris l'habitude de dormir à poings fermés. Le matelas moelleux et les draps propres y étaient sûrement pour quelque chose, mais Jenny ne pouvait s'empêcher de penser que ses gestes du matin jouaient aussi un rôle non négligeable. Rien n'aurait pu la forcer à les interrompre. Elle n'y avait même pas renoncé durant sa période de captivité dans la cave de Martin !

Carl ne tarda pas à la rejoindre, en nage. Il prit néanmoins la précaution de se couvrir, car le printemps n'était pas si avancé et la température commençait à retomber. Le moindre coup de froid pouvait s'avérer catastrophique s'il déclenchait une poussée de fièvre. Consulter un médecin était exclu. Les hôtes de Martin Stoltz n'avaient pas d'existence officielle, aucune référence à présenter. Quel sort leur réserveraient les machines et leurs auxiliaires ? Jenny ne voulait surtout pas y penser.

— Rentrons, fit Carl. J'ai une de ces faims !

— Si tu continues de dévorer comme ça, on va bientôt croire que c'est toi qui attends un enfant, se moqua-t-elle.

Il avait repris du poids grâce aux généreuses rations

servies quotidiennement à la table de Martin Stoltz. Pendant l'hiver, alors que la disette frappait les villes, ce dernier s'était montré prévoyant. Il avait sacrifié une partie de son élevage de porcs pour constituer des réserves de salaison réparties dans les caves du hameau ; les autres bêtes avaient été parquées dans un enclos discret, à l'abri des sous-bois, où elles s'étaient débrouillées pour survivre en l'absence de leur propriétaire.

Une chose était sûre : tant que Carl et Jenny resteraient les invités de Martin Stoltz, ils auraient le ventre plein. À condition, bien sûr, de s'acquitter de leur part de labeur. Sur ce point, le tuteur de Willy s'était montré très clair. Leur survie à tous dépendait des efforts de chacun. La Nouvelle Ère ne s'encombre pas d'improductifs, avait songé Jenny, évoquant l'un des slogans répétés par sa mère à l'occasion de ses interventions publiques. Même les opposants à cette politique étaient obligés de s'y soumettre.

— Tu ne te plains pas toujours de mon physique, renvoya Carl avec un demi-sourire. Il ne semble pas te déplaire certaines nuits…

— Parce que je ne te vois pas dans l'obscurité. Alors je peux m'imaginer que tu es plus séduisant qu'en réalité !

Ils poursuivirent leurs chamailleries sur le chemin du retour au hameau, riant comme des gamins. Arrivé en vue des hauts toits à forte pente, Carl retrouva son sérieux.

— J'ai pas mal cogité, dit-il.

— À quel propos ?

— Notre avenir. Écoute, je sais que tu n'aimes pas qu'on en parle, mais on ne peut pas éluder indéfiniment la question.

— Je suppose que tu as raison, fit Jenny en esquissant un geste en direction de son ventre.

— Pour l'instant, on est en sécurité. Plus qu'on ne pourrait l'être nulle part ailleurs. Mais pour combien de temps ?

— Qu'est-ce que tu insinues ?

— Je pense à la propagande officielle. Aux discours de l'ambassadrice.

Jenny demeura impassible. Elle eut soudain envie d'avouer la vérité au sujet de sa mère, ne serait-ce que pour se délivrer du poids de son mensonge par omission. Mais Carl ne lui en laissa pas l'occasion :

— La réouverture du CIEL, même dans sa version Nouvelle Ère, peut nous causer des problèmes.

— De quelle façon ?

— Je partage l'analyse de Martin. Ce privilège accordé aux collaborateurs des machines est avant tout destiné à encourager et faciliter les dénonciations. Bientôt, les gens feront le sale boulot des drones de surveillance. Tôt ou tard, quelqu'un finira par s'intéresser au domaine Stoltz. D'autant que les convictions et la fortune de Martin lui ont attiré pas mal de jalousie. Les petits fermiers du coin lorgnent sûrement sur ces terres. S'ils peuvent trouver le moyen de lui nuire, ils ne s'en priveront pas.

C'était en effet plus que probable. Pas plus que Carl, Jenny ne se faisait aucune illusion sur la nature humaine.

— Qu'est-ce que tu suggères, alors ? demanda-t-elle.

— On peut rester jusqu'au début des moissons, le mois prochain, mais pas davantage. Ta grossesse sera pas mal avancée. Plus question de la dissimuler. On expliquera à

Martin qu'on préfère la mener à terme chez ton grand-père, pour le bien de notre enfant. Il comprendra. Et d'ici là, on sera suffisamment en forme toi et moi pour reprendre la route. Qu'est-ce que tu en dis ?

Jenny prit le temps de réfléchir. Avant la Nouvelle Ère, elle avait déjà du mal à se projeter dans le futur, même de quelques mois. À présent, l'exercice lui paraissait encore plus incertain. Mais elle ne devait plus penser pour elle seule.

L'avenir appartenait à celui ou celle qui poussait dans son ventre.

— OK, dit-elle finalement. Jusqu'aux moissons. Et on reprend la route.

— D'ici là, on ne change rien à nos habitudes. Je ne veux pas que Martin ou les autres se doutent de quoi que ce soit. C'est plus prudent pour lui…

Carl caressa furtivement le ventre de sa compagne.

— Ou pour elle, espèce de sale macho ! souffla Jenny en étouffant un rire.

— Ouais, ou pour elle, répéta-t-il, embarrassé. Une fille, ça serait chouette aussi !

Il la prit dans ses bras et ils s'embrassèrent pour sceller leur pacte.

Sarah

La tournée de l'ambassadrice se poursuivait à un rythme effréné. Sarah avait sillonné une bonne partie de l'Europe depuis son premier discours public en direct de la place Saint-Pierre. Son hélicoptère l'avait conduite dans chacune des anciennes capitales et des grandes métropoles aujourd'hui divisées en plusieurs zones d'exploitation, à la rencontre des populations locales.

Chaque fois, elle avait pris la parole devant une assistance captive, rassemblée exprès pour l'occasion. En toute logique, les gens s'étaient d'abord montrés peu enthousiastes, voire hostiles – même s'ils se gardaient bien de le manifester ouvertement sous l'œil des caméras des drones.

Mais, peu à peu, Sarah avait senti l'opinion basculer en faveur de la propagande. Les arguments concoctés par l'IA commençaient à faire écho dans l'esprit de ses auditeurs. D'autant qu'ils s'accompagnaient de mesures concrètes visant à remonter le moral des populations.

Elle avait annoncé à Madrid – zones d'exploitation

878 à 962 – la réouverture partielle du CIEL pour les principaux collaborateurs des machines, promettant une extension progressive de ce privilège au cours de l'an 01 de la Nouvelle Ère.

Quelques jours plus tard, à Londres – zones d'exploitation 2410 à 2633 – Sarah expliqua le fonctionnement des Unités-CIEL, la nouvelle monnaie universelle destinée à se substituer au troc sur les marchés et les foires. Les UC pourraient s'échanger contre un temps de connexion avec le CIEL pour qui souhaiterait communiquer avec un référent d'une autre zone ; ou contre quelques kilowatts d'électricité propre, issue de la production éolienne et solaire. Elles seraient d'abord distribuées aux Référents Responsables, à charge pour eux de les répartir ensuite.

Après Londres, la tournée s'était poursuivie dans les îles britanniques – Bristol, Cardiff, Manchester, Liverpool, Leeds, Sheffield, Glasgow, Belfast, Dublin, etc.

Les étapes se suivaient et se ressemblaient toutes. Le dispositif élaboré par l'IA ne variait guère. Sitôt débarquée de son hélicoptère, l'ambassadrice était accueillie par une délégation conduite par le double R, confinée dans les appartements mis à sa disposition, puis elle s'adressait à une foule anonyme en même temps qu'au reste du monde, otage consentante d'une politique qu'elle n'approuvait pas.

Le mois de mai tirait à sa fin lorsque l'hélicoptère franchit le *Channel* dans l'autre sens pour rejoindre le continent, cap vers l'est. La popularité de l'ambassadrice ne semblait pas se démentir. Au point que Sarah en venait à se demander si les double R ne sélectionnaient pas le public, voire s'ils ne le contraignaient pas à manifester son enthousiasme !

Oubliées, les figures renfrognées et les expressions réfractaires des débuts de la tournée. Sarah était maintenant acclamée dès lors qu'elle apparaissait. Des applaudissements saluaient la moindre de ses déclamations. Ce qui la désolait, mais ne la surprenait pas. Elle incarnait l'espoir des derniers représentants de l'humanité, comme l'IA l'avait pronostiqué. On attendait désormais sa venue avec impatience.

— Où nous poserons-nous aujourd'hui ? demanda-t-elle au pilote.

Ils avaient décollé de Cambridge une demi-heure plus tôt, au milieu de la matinée. Les conditions de vol étaient idéales : peu de vent, un ciel dégagé et beaucoup de soleil.

— Amsterdam. Les zones 3230 à 3476. Nous y serons dans moins de vingt minutes.

— Merci.

Sarah étouffa un bâillement. Elle était épuisée, mais pas seulement. L'abattement menaçait, après plus de trois semaines passées à répéter un discours auquel elle ne croyait pas. Il fallait pourtant qu'elle continue à jouer le jeu. À cette condition seulement elle finirait par percer les intentions de l'IA, découvrir le véritable plan échafaudé par la maîtresse du CIEL.

L'ambassadrice releva le store de son hublot. Les eaux gris-vert de la mer du Nord défilaient sous le ventre de l'hélico. La côte était visible à l'horizon, réduite à une simple ligne de terre sombre – les Pays-Bas méritaient bien leur ancien nom, avec une altitude moyenne inférieure au niveau de la mer et l'armée de ses moulins à vent en guise de relief.

Cinq minutes plus tard, elle survolait la campagne bordant les faubourgs d'Amsterdam. Comme partout ailleurs, on s'activait dans les champs sous la surveillance des machines. Et comme partout ailleurs, le passage de l'hélicoptère ne passa pas inaperçu. Son arrivée était synonyme d'espoir. L'ambassadrice apportait toujours de bonnes nouvelles.

Comment les blâmer de se réjouir ? s'interrogea Sarah. Leur monde s'est brutalement écroulé, ils ont perdu tous leurs repères, alors ils se raccrochent à la seule personne capable d'adoucir leur sort…

Le pilote effectua une boucle au-dessus du centre historique de la capitale batave, avec son réseau de canaux parallèles en forme de demi-cercle flanqués de hautes bâtisses étroites. Sarah aperçut de nombreuses embarcations chargées de marchandises. Les gens circulaient toujours à bicyclette, comme ils en avaient l'habitude avant la Nouvelle Ère. Certains se déplaçaient sinon à cheval. Quelques rames de tramways sillonnaient même les artères principales, tractées par de puissants attelages. Une vision utopique de cité idéale, abstraction faite des machines !

L'hélicoptère se posa au milieu d'une immense place, proche du centre. Sarah fouilla dans ses souvenirs de voyage. Elle était déjà venue ici, avec Peter, avant la naissance de Jenny. Le musée Van Gogh, la gloire nationale, se dressait en bordure de l'esplanade. Plusieurs autres établissements liés aux arts se trouvaient à proximité. Sarah se demanda s'ils étaient encore visités et, dans le cas contraire, ce qu'étaient devenues les œuvres exposées. Le nom de la place lui revint facilement : la *Museumplein*, bien sûr…

— Soyez la bienvenue, 001-LME-001 !

Une quinzaine de Référents Responsables la reçurent chaleureusement à sa descente de l'hélicoptère. Comme toujours, Sarah s'interrogea sur leur profession avant la Nouvelle Ère et ce qui leur avait valu pareille promotion. Certainement pas leurs compétences. Elle n'avait encore jamais rencontré de double R capable de l'impressionner. Ce n'était pas du mépris de sa part, juste un constat objectif. L'IA avait sélectionné des individus frustrés dans leurs ambitions, souvent médiocres et qui affichaient toujours une très haute opinion d'eux-mêmes – les parfaits collaborateurs, en somme.

— Je vous remercie pour votre accueil…

Elle débita un discours type, en mode automatique. Le drone militaire et ses petits frères flottaient en vol stationnaire quelques mètres plus haut.

Puis la délégation se dirigea vers une scène couverte érigée au bout de la place. Le genre de structure utilisé pour les concerts de plein air.

Une cohorte de gardes armés veillait sur les environs. Sarah remarqua également une rangée d'engins de chantier – tractopelles, tombereaux, bulldozers… – stationnés à proximité.

— Nous avons préféré profiter d'une aussi belle saison, expliqua un double R. Le printemps de l'espoir doit se vivre en plein soleil !

Sarah acquiesça. Elle se fichait des conditions de son intervention publique. Elle avait hâte d'en finir pour se reposer à l'abri des regards indiscrets, se débarrasser des oripeaux de sa fonction et laisser libre cours à ses émotions.

Elle s'isola derrière un rideau, sur le fond de la scène, pour répéter le discours préparé par l'IA, reçu en début de matinée sur son téléphone portable. Son néerlandais était un peu rouillé faute de pratique, mais elle mettait un point d'honneur à s'exprimer dans la langue de ses auditeurs.

Pendant ce temps, la *Museumplein* se remplissait progressivement. Des milliers de référents arrivèrent de tous côtés, canalisés par les machines. La rumeur de cette foule impatiente évoquait le ressac de l'océan. Sarah la sentait prête à faire déferler sur elle toute sa reconnaissance.

Elle mourait d'envie de crier à l'imposture, d'appeler à la révolte ce troupeau trop docile, mais à quoi bon ?

Elle enfila un micro-casque sans fil, tandis qu'un double R chauffait l'assistance en louant les vertus de la Nouvelle Ère à un public conquis d'avance. Le moment venu, l'ambassadrice s'avança sur le devant de la scène sous un tonnerre d'acclamations.

Le drone militaire survolait la scène, son objectif braqué sur la vedette du jour, retransmettant l'intervention en direct. Les autres engins avaient tourné leur caméra vers le public, à la recherche d'un éventuel comportement déviant.

— Chers amis, attaqua Sarah comme à son habitude, chers référents des zones d'exploitation…

Elle n'alla pas plus loin.

Des détonations en série se déclenchèrent. Des espèces de fusées jaillirent des quatre coins de la *Museumplein*, traçant dans l'air des sillons de fumée blanche qui s'élevèrent en parabole avant de vite retomber – droit sur la scène.

Sarah crut d'abord à un effet pyrotechnique. Un feu d'artifice tiré en son honneur. Mais elle se ravisa, songeant que c'était idiot en plein milieu du jour.

Puis les fusées touchèrent leurs cibles : le drone militaire et son escorte explosèrent en une pluie de débris métalliques juste au-dessus de la tribune officielle.

Des missiles sol-air !

Sarah n'eut pas le temps d'avoir peur pour sa vie. Tout s'enchaîna très vite. On l'attrapa par le bras, la forçant à se retourner. Elle eut la vision fugitive d'un garde brandissant une sorte de sac en toile noire…

Puis, quand la cagoule lui fut passée de force, plus rien.

Elle voulut se débattre, appeler à l'aide, mais aucun son ne franchit la barrière de ses lèvres.

Une odeur, entêtante, enivrante, la fit chavirer.

Elle se sentit mollir sous les cris de panique de l'assistance et les appels à l'aide.

Et sombrer.

*

— Je suis où, là ?

Sarah venait de rouvrir les yeux. Mais elle ne voyait pas grand-chose. Cependant elle n'était pas seule. On s'agitait et on murmurait autour d'elle.

— Je vous entends…

Un curieux effet sonore déformait le son de sa voix.

— Où m'avez-vous emmenée ?

L'endroit était sombre et puait le poisson, l'humidité, l'hygiène douteuse. Une cave, un sous-sol, une galerie souterraine, un égout peut-être…

— C'est moi qui pose les questions, fit un homme d'un ton rude. Tu vas devoir répondre de tes crimes, madame l'ambassadrice.

Il fallut à Sarah un moment pour comprendre le sens des mots. Ses idées s'embrouillaient encore, la conséquence du produit utilisé pour l'endormir, sans doute.

— Mes crimes ?

Une lumière blanche l'aveugla d'un coup. Elle referma les yeux. Le ronronnement d'un générateur se répercutait en écho sur les murs et le plafond d'un espace bien plus vaste qu'elle l'avait supposé.

— Tu es accusée de collaboration active avec l'ennemi, de diffuser sa sale propagande et de corrompre l'esprit des citoyens du monde entier. Qu'as-tu à répondre ?

Un accès de colère acheva de la réveiller complètement :

— Vous déconnez ou quoi ? Vous voulez me faire un procès, c'est ça ?

Elle parvint à relever les paupières et les garder ouvertes malgré les larmes, le temps d'accommoder. On l'avait installée sur un fauteuil, chevilles et poignets liés, face à un projecteur monté sur trépied et un autre appareil de taille réduite – une caméra numérique, apparemment. L'ombre de ses kidnappeurs se découpait dans les semi-ténèbres, entre de grandes arches de pierre, à l'arrière-plan.

— Tu te trompes, répondit l'homme au fort accent batave. Il ne s'agit pas de ton procès, madame l'ambassadrice.

Sarah commença alors à avoir peur. Jusque-là, elle avait été trop ébahie pour craindre quoi que ce soit.

— Si vous ne m'avez pas enlevée pour me juger, alors pour quelle raison ?

— Ceci n'est pas un tribunal. Nous ne sommes pas des juges. Mais des bourreaux. Tu vas confesser tes crimes devant la caméra et ensuite nous t'exécuterons.

— Vous n'êtes pas sérieux…

— Tu ne me crois pas ? Alors je vais employer un terme que tu peux comprendre : nous allons te recycler, madame l'ambassadrice. Comme le font les machines avec les improductifs !

L'homme avait brusquement haussé la voix et s'était avancé en pleine lumière, brandissant un revolver.

— Ma femme a été jugée improductive parce qu'elle est dans un fauteuil roulant, cracha-t-il. On l'a expédiée au recyclage avec les cadavres des victimes de la milice. Comme tous les vieux, les handicapés, les bons à rien dans cette saloperie de Nouvelle Ère !

— Je… je ne savais pas…

— Ne mens pas ! Comment pourrais-tu ignorer une chose pareille ? Tu vis en permanence entourée de machines. Tu es la voix de leur maîtresse.

Le canon du revolver pointait sur la tempe de Sarah.

— Je vous jure que j'ignore tout du recyclage… Attendez un peu, je vous en prie…

Elle s'efforçait de réfléchir, d'assembler les bribes de

pensées et de souvenirs qui lui venaient pour former un raisonnement cohérent.

— Ce n'est peut-être pas ce que vous croyez... Le recyclage... Avez-vous vu comment il fonctionne ? Avez-vous vu ce qui s'y passe ?

— Pas besoin, gronda l'homme. Les gens embarqués là-bas ne reviennent pas. Ça suffit comme preuve.

— La programmation de l'IA responsable de tout ce chaos lui interdit de tuer des êtres humains. Je suis bien placée pour savoir qu'elle ne peut pas outrepasser les ordres inscrits dans son ADN mathématique. Le recyclage des improductifs n'a certainement rien à voir avec celui des cadavres expédiés par la milice. Il doit faire partie d'un plan à plus grande échelle.

— Tu cherches à épargner ta misérable existence avec tes bobards...

Mais l'homme ne semblait plus aussi sûr de lui. Il avait baissé le canon de son arme.

— Je vous jure que non, sur ce que j'ai de plus cher : la tête de mes enfants.

— Sûrement un nouveau mensonge !

— Non, je vous assure, c'est la vérité... Je vous en supplie, il faut que vous me croyez ! Je m'appelle Sarah Fuchs, et mes enfants Thomas et Jenny...

L'homme l'écoutait, impassible, le visage fermé. Sarah se prit à espérer. Si elle lui donnait un maximum de détails, peut-être le convaincrait-elle de sa bonne foi. De toute façon, elle n'avait plus rien à perdre, sinon la vie !

— Thomas a seize ans et Jenny vingt, lui est lycéen à Paris et elle étudiante à Berlin...

— Et leur père ? demanda l'homme.

— Nous sommes séparés depuis une dizaine d'années, Peter et moi. Mais les enfants ont gardé son nom.

Elle se raccrochait à la moindre information.

— Thomas et Jenny Keller, précisa-t-elle encore.

L'homme au revolver afficha soudain une expression étonnée.

— Keller ? répéta-t-il. Votre ex-mari est Peter Keller ?

— Oui, confirma Sarah. C'est bien son nom.

— Le capitaine Peter Keller ? insista l'homme.

— O… oui… Mais comment le savez-vous ?

Il y eut un long silence, à peine troublé par le bruit de fond du générateur.

Puis l'homme au revolver reprit la parole, sans plus aucune brutalité :

— Si je m'attendais à celle-là ! L'ambassadrice est la femme du chef de la Résistance !

— Ex-femme, ne put s'empêcher de corriger Sarah, par réflexe, avant d'ajouter, perplexe : vous avez bien dit « chef de la Résistance » ?

Diagnostic CIEL

Action : remplacer le référent 001-LME-001 (ambassadrice).

Zones concernées : toutes.

Effets : rassurer population.

Durée : indéterminée.

Prévisions : fortes probabilités de la mort du référent 001-LME-001 (sujet Sarah Fuchs) – motif : assassinat par groupe terroriste (note : attente d'un communiqué de la part des rebelles) / abandonner recherches dans les zones d'exploitation 3230 à 3476 (périmètre Amsterdam et banlieue).

Observations : analyse en cours des enregistrements des interventions du référent 001-LME-001 depuis l'hiver dernier.

Moyen : production d'un avatar virtuel (avantage : contrôle total / inconvénient : perte effets bénéfiques des interventions publiques).

Objectif : optimiser l'effet produit depuis le lancement du « printemps de l'espoir ».

Tomi

Le plus éprouvant n'était pas le travail, pourtant répétitif et salissant. Ce n'était pas non plus la façon dont la maladie revenait le tourmenter – le feu dans la poitrine, la douleur dans tout le corps au matin après une mauvaise nuit de sommeil agité.

Tomi souffrait surtout d'être réduit à une référence, quelques chiffres et quelques lettres en guise d'identité. Un comble pour un aussi farouche défenseur des libertés individuelles. Une insulte permanente à sa fierté, tout à fait dans la logique du processus de déshumanisation enclenché sous la Nouvelle Ère.

1475-THX-1139…

Il s'appelait Tomi Keller, bon sang de bois !

1475-THX-1139. On aurait dit une plaque d'immatriculation, un code-barres ou n'importe quoi d'aussi dégradant. La référence s'étalait en larges caractères noirs dans le dos de sa chemise grise. Au moins, songeait-il parfois avec amertume, on ne la lui avait pas tatouée sur l'avant-bras…

Le comportement des machines relevait du paradoxe. Elles œuvraient à l'éradication de l'espèce humaine, mais s'interdisaient d'attenter à l'intégrité physique des créatures de chair et de sang, sauf en cas de légitime défense. Et elles s'arrangeaient alors pour causer le moins de dommages possible.

Cette lente apocalypse durerait quelques dizaines d'années, jusqu'à la disparition du dernier homme et de la dernière femme, privés du droit de se reproduire. Une fin du monde version douce, en quelque sorte !

Sauf pour les improductifs envoyés au recyclage. Mais là encore, la stratégie adoptée ne contredisait pas la programmation initiale de l'IA maîtresse du CIEL. Les ordres d'expédition étaient donnés par ses collaborateurs humains. Un moyen habile de contourner les règles imposées par ses concepteurs. Et qui prouvait, s'il en était besoin, les capacités de réflexion et d'analyse de l'entité virtuelle.

Son comportement s'inspirait des pires exemples dans l'histoire de l'humanité, hélas nombreux. Hitler, Staline, Pol Pot, Kim Jung-un pour ne citer que les plus tristement célèbres dans un passé récent. L'IA n'avait eu que l'embarras du choix en matière de modèle.

— Comment tu te sens aujourd'hui ?

La question tombait de la couchette supérieure. Mathis – 1475-THX-1140 –, un jeune gars au crâne rasé, s'inquiétait de la santé de son binôme de la brigade d'entretien.

— Ça ira, répondit Tomi.

Comme chaque matin depuis qu'il avait été affecté là, à son retour de la clinique. Le médecin avait vu juste :

on ne lui avait pas attribué un boulot trop pénible. La vaisselle du personnel et le nettoyage des parties communes du Centre nécessitaient peu d'efforts en comparaison du travail effectué dans les champs et sous serre. C'est pourquoi les plus faibles s'en chargeaient. Ou les « diminués », ainsi que se désignait Mathis avec un sens aigu de l'autocaricature.

— Alors debout, vieille carne ! Une nouvelle et merveilleuse journée nous attend. Je sens qu'on va encore s'épanouir, toi et moi !

L'humour noir servait de béquille au jeune homme et l'empêchait de s'effondrer moralement. Une aberration génétique s'était manifestée durant son enfance, compromettant sa croissance. Il souffrait d'une forme rare de rachitisme, cause de grandes douleurs musculaires. Le moindre choc pouvait fracturer ses os fragilisés. Ce qui ne l'empêchait pas de se livrer à certaines acrobaties. Par exemple, quand il sautait de la couchette supérieure du lit, comme il venait tout juste de le faire…

— Bon sang de bois ! s'exclama Tomi.

— J'adore tes expressions. Tu les as piquées dans un dico de vieux français ou quoi ?

— Tu feras moins le mariolle si tu te bousilles les guibolles…

— En plus, tu fais des rimes ! Allez, sois pas grincheux. Le dernier arrivé à la douche est un zombie !

Leurs échanges se déroulaient sur le même ton depuis deux semaines. Tomi était partagé entre exaspération et admiration. Ce gamin (Mathis avait tout de même une trentaine d'années) et son cirque permanent avaient beau être attachants, ils lui tapaient aussi régulièrement sur le système !

La toilette fut vite expédiée. La tuyauterie crachotait un maigre flot d'eau tiède et ils ne disposaient pas de savon. Tout était calculé – rationnalisé, selon le discours de la propagande – pour préserver les ressources naturelles. Tomi était obligé de laisser pousser sa barbe et ses cheveux, car il n'avait pas le droit de posséder un objet aussi dangereux qu'une paire de ciseaux, encore moins un rasoir à main. Avec sa tignasse blanche et indisciplinée, il arborait un look de vieux sage ou de gourou, dans le meilleur des cas, voire de naufragé ou d'homme sauvage. Mathis n'avait pas ce problème. Les traitements de sa maladie avaient entraîné plusieurs effets secondaires, parmi lesquels la perte de sa pilosité. D'où le crâne et les joues éternellement lisses qui lui conféraient un air juvénile, en contradiction avec la dureté de ses traits.

— J'ai hâte de découvrir ce que le chef nous a concocté ce matin, plaisanta Mathis. Je sens qu'on va encore se régaler.

Il utilisait souvent cette expression – « Je sens que… ». Tomi n'y faisait même plus attention. Pas plus qu'à la sensation de faim qui le tenaillait du matin au soir. Ils avaient droit à un petit-déjeuner peu consistant, juste de quoi fournir l'apport minimal en calories requis pour l'exécution de leur tâche. Ni plus ni moins – ç'aurait pu être un des slogans de la Nouvelle Ère !

Le personnel du Centre de Sélection prenait ses repas en commun dans l'ancien self-service de l'aéroport Bâle-Mulhouse. L'ambiance y était toujours maussade, mais cela n'empêchait pas Mathis de plaisanter, à ses dépens ou ceux de ses collègues.

— Qu'est-ce qui te permet de rire dans une telle situation ? lui avait demandé Tomi le jour de leur rencontre.

— L'espoir, mon vieux, l'espoir ! Je suis toujours en vie, tu piges ? Malgré toutes mes galères… Et j'en ai connu de sévères, oh oui ! Mais rien ni personne ne m'a jamais ôté l'espoir. C'est bizarre quand tu y réfléchis, mais ce genre de choses ne meurt jamais vraiment… À condition de l'entretenir, bien sûr. Moi, j'y arrive en me marrant. Mais chacun son truc, hein. L'essentiel, c'est de conserver la flamme, mon vieux. Tu piges ?

La leçon avait fait son chemin dans l'esprit de Tomi. Lui aussi était toujours en vie malgré ses galères. Lui aussi s'efforçait d'entretenir l'espoir. De conserver la flamme. Mais pas pour lui, car sa maladie le condamnait inexorablement. Pour Emma et les enfants, qui occupaient sans cesse ses pensées. Pour Peter, Thomas et Jenny évidemment.

Ainsi que pour Théo et Lola, toujours cantonnés dans l'entrepôt en bout de piste avec les autres prisonniers du Centre de Sélection. Tomi les apercevait de loin, lorsque, son service achevé, il venait respirer un peu d'air pur, dans les limites du secteur de promenade autorisée. Il leur adressait alors quelques gestes d'encouragement. Son vieux cœur se serrait chaque fois qu'il pensait à leur mère, vaincue par manque d'espoir. Catherine n'avait pas su entretenir sa petite flamme. Mais Tomi ne se permettait pas de la juger. De nombreux hommes et femmes avaient capitulé. Rares étaient les forces de caractère comme celles de Mathis.

Après le petit-déjeuner, ils passaient plusieurs heures

à récurer des fonds de gamelle, laver des couverts et des assiettes, sans que jamais le jeune homme donne l'impression de trouver cela rébarbatif.

— J'ai vécu la plupart du temps dans des institutions, des hôpitaux spécialisés, des foyers d'accueil, enfin tu imagines le genre d'endroit, racontait-il. Toujours entouré d'autres diminués, physiques ou mentaux. Des cas à part, comme moi. Mis à l'écart par la société. Pas maltraités, non, enfin pas toujours, mais qui se souciait vraiment de nous ?

— Tes parents, peut-être ?

— Oh, eux… Au début, ouais, ils venaient me voir dès qu'ils le pouvaient. Et puis les visites ont commencé à s'espacer. Je ne leur en veux pas, note bien. Et toi, tu as des enfants ? Même des petits-enfants, je suis sûr, hein, vieille carne ?

Tomi lui parlait alors de Peter, sans rien omettre de ce qui les différenciait et les avait trop longtemps séparés. Il évoquait ensuite Thomas et Jenny, et même parfois Lucie, sa défunte épouse. Mais il ne prononçait jamais le nom de Sarah.

La brigade d'entretien bénéficiait d'une courte pause à la mi-journée. Tomi et Mathis en profitaient pour se reposer sur un banc du terminal de l'aéroport, face à la baie vitrée. Ils contemplaient les silhouettes des avions cloués au sol, alignés le long de la piste principale.

Difficile de croire que ces appareils ne voleraient plus jamais. Qu'ils seraient encore là longtemps après la mort du dernier être humain. Combien de temps la nature mettrait-elle à les engloutir ? Voilà le genre de question qui venait à l'esprit de Tomi. Il tentait d'imaginer le scénario du futur le plus probable. Les machines continueraient-elles d'assurer la maintenance d'infrastructures inutiles ? Ou bien laisseraient-elles la forêt reprendre ses droits, envahir les villes, siècle après siècle, jusqu'à l'effacement de toute trace de civilisation ?

Et qui viendrait remplacer les hommes ? Ou quoi ? Quelle espèce dominante l'évolution tirerait-elle de sa manche, cette fois ? Des reptiles et des sauriens géants, comme des centaines de millions d'années plus tôt ? Des singes, des chiens ou des rats, comme dans les récits de science-fiction ? Tout était possible. Y compris un sursaut de l'humanité, un mouvement de révolte générale contre les machines. Tomi voulait y croire, il l'appelait de tous ses vœux. C'était sa manière d'entretenir la flamme de l'espoir.

Mais chaque jour qui passait, il doutait davantage d'assister à l'événement. Près de six mois s'étaient écoulés depuis le *big bug* du Noël précédent. Une demi-année durant laquelle le discours de la propagande officielle s'était répandu, répété jour après jour.

Aussi incroyable que cela paraisse, les gens semblaient avoir accepté les règles de la Nouvelle Ère. Pas seulement sous la contrainte. Une forme de résignation collective assoupissait les consciences.

Tomi comprenait le processus. On pouvait répliquer en cas d'attaque frontale, défendre sa vie quand elle était menacée, individuellement et sur-le-champ. Mais c'était différent à l'échelle d'une espèce entière, lorsque le danger s'étalait sur des décennies.

Jetez une grenouille dans une casserole d'eau bouillante et elle sautera par-dessus bord. Mais plongez-la dans un bain tiède et augmentez peu à peu la température, sans vous presser, et elle se laissera cuire vivante…

Certes, la comparaison avait ses limites. Cependant, Tomi la trouvait justifiée.

Bon sang de bois, où était celui (ou celle) qui allait mener la révolte ? Existait-il (ou elle) seulement ?

Dans l'attente d'une réponse, Tomi ne pouvait qu'alimenter sa petite flamme personnelle, dans le secret de son cœur et de ses pensées, et continuer à subir les saillies humoristiques de son binôme de la brigade d'entretien.

— Debout, vieille carne, il est temps de se remettre au boulot. Je sens qu'on va encore s'éclater cet après-midi !

Peter

Il ne put s'empêcher de penser que mourir par une aussi belle journée ne le dérangerait pas. Mais s'il pouvait obtenir un sursis, et profiter un peu de l'été caniculaire qui s'annonçait, Peter ne s'en plaindrait pas non plus…

— Je n'avais pas vu autant de monde depuis longtemps, souffla Ben. Ni de machines. Bon Dieu, il y en a à chaque coin de rue !

— Du calme. Il fallait s'y attendre. Cette foule est notre meilleure alliée.

Ils avaient rejoint la banlieue lyonnaise en milieu de matinée, au terme d'une longue et prudente marche étirée sur près d'une semaine, étape par étape. Près de vingt kilomètres par jour, quelques heures de repos chaque nuit, le plus souvent à la belle étoile. À mesure qu'ils approchaient de l'ancienne capitale des Gaules, divisée en plusieurs zones d'exploitation, les contrôles s'étaient multipliés. Ben et Peter s'y soumettaient avec un frisson d'appréhension. Mais les miliciens se contentaient de vérifier leurs références et de jeter un coup d'œil dans leurs sacs. En découvrant les choux plus très frais, ils pinçaient le nez et les laissaient repartir avec parfois un commentaire peu aimable.

— Et ces chevaux ! continua de s'extasier Ben. Ma parole, on se croirait au far west…

— Plutôt au Moyen Âge, corrigea Peter. Je ne vois aucun revolver.

— Ouais. Un sacré bond en arrière, quoi qu'il en soit !

Cela ne faisait aucun doute. Malgré la présence des machines, l'ambiance évoquait celle des marchés paysans d'antan, tels que Peter se les représentait à partir de souvenirs scolaires ou de films.

Ils n'avaient évidemment pas choisi cette date au hasard. La grande foire de printemps était un événement unique, annoncé depuis plusieurs semaines sur l'embryon de réseau CIEL remis en activité. À cette occasion, des permissions de circulation interzones étaient exceptionnellement délivrées. Le moment idéal pour lancer l'opération Victoria.

— Tu crois que Legrand et les autres sont arrivés sans histoire ? demanda Ben, scrutant les visages alentour à la recherche de traits familiers.

— Sois plus discret, conseilla Peter. Les logiciels de détection de comportement déviant tournent sûrement à plein régime un jour comme aujourd'hui.

Le colosse barbu baissa aussitôt le nez au sol. Ils continuèrent d'avancer en direction de leur cible – un des quinze *datacenters* de l'agglomération. Si tout s'était déroulé comme prévu, en coordination avec l'ensemble des maquis, alors plusieurs dizaines de résistants cheminaient en ce moment même dans les rues encombrées, animés d'une semblable motivation. Pour ne pas attirer l'attention, ils voyageaient par petits groupes, voire en solitaire. Tous transportaient des marchandises destinées à la vente et arboraient une référence empruntée à un authentique paysan d'une zone voisine, avec sa complicité.

Les préparatifs de l'opération avaient mobilisé l'ensemble des maquisards pendant plus de trois semaines. Chacun s'y était investi à fond dès que Peter avait accepté d'en assurer la direction. Il avait alors pris conscience de sa popularité et de son influence, de l'espoir qu'il incarnait pour celles et ceux qui refusaient d'abandonner le combat. Cela l'avait aidé à surmonter son chagrin, à apaiser sa souffrance. À entamer son travail de deuil dans l'action, en quelque sorte.

Le plus difficile n'avait pas été de mettre au point l'assaut des *datacenters* – il suffisait d'entrer et de tout faire sauter, rien de bien compliqué, sur le papier du moins ; non, le plus délicat pour Peter avait été de choisir les membres de son commando car tout le monde voulait l'intégrer, malgré les énormes risques encourus et la quasi-certitude de ne pas pouvoir s'échapper une fois la mission accomplie. Une marque de confiance qui avait fini par le regonfler à bloc. Impossible de flancher quand quelque trois cents hommes et femmes étaient prêts à se sacrifier sous ses ordres !

La grande foire de printemps se tenait dans chaque quartier de Lyon et de sa métropole. Les boutiques closes depuis l'hiver, pillées pour la plupart, avaient rouvert pour accueillir les marchands en provenance de toute la région. Pendant plusieurs jours, chômés, la population allait pouvoir se livrer au troc ou dépenser les précieuses Unités-CIEL mises en circulation au début du mois de mai. Un retour partiel aux vieilles habitudes très favorablement perçu, de façon générale. Une habile manœuvre de la part des machines, pour Peter, d'autant plus dérangeante qu'elle avait été relayée par Sarah…

Il chassa son ex-femme de ses pensées. L'heure du rendez-vous avec les quatre volontaires de son groupe approchait. En accord avec le colonel Legrand, ils avaient privilégié de petites unités pour mener l'assaut sur les fermes de serveurs. Le gros des troupes restait ainsi mobilisé en dehors de l'agglomération, prêt à intervenir pour couvrir la retraite des commandos – cette possibilité avait tout de même été envisagée.

L'objectif de Ben et Peter se situait dans la zone d'exploitation qui recouvrait Villeurbanne, ville sœur et voisine de Lyon. Il s'agissait du plus vaste *datacenter*, un des plus anciens aussi, avec trois mille mètres carrés de salles blanches – le nom donné aux espaces de stockage, immaculés et aseptisés. Lise, la jeune informaticienne inspiratrice de l'opération Victoria, en avait dressé un plan précis, avec le détail des procédures de sécurité. Entrer incognito s'avérait tout bonnement impossible. Il fallait se soumettre à un panel de tests biométriques : empreintes palmaire et rétinienne, reconnaissance vocale, etc. ; Peter avait opté pour une solution à la fois plus simple et plus efficace.

Il était midi moins dix à la montre du capitaine Keller quand ils arrivèrent en vue de l'immeuble, anodin en apparence, coincé entre un parking transformé en marché à ciel ouvert et une école abandonnée.

— Installons-nous le plus près possible de l'entrée, décida Peter.

Ben persuada les marchands déjà sur place de leur céder un bout d'étal pour y déposer une partie de leurs choux en cours de pourrissement. L'odeur dégagée avait de quoi donner la nausée.

— Pfou, pas trop tôt, j'en avais marre de trimballer cette camelote puante ! En plus, je déteste ces saletés.

— Ils ont d'autres avantages que leur goût, heureusement pour nous, rappela Peter. Et leur odeur nous a été utile pendant les contrôles. Planque-moi un instant, s'il te plaît.

Ben fit rempart de sa large carrure le temps pour Peter de récupérer les derniers choux dans le fond du sac. Puis, avec un maximum de discrétion, il en arracha les feuilles, dévoilant les pains de plastic et les détonateurs dissimulés dans leur cœur évidé. Dès qu'il eut rempli les grandes poches cousues à l'intérieur de sa tunique, il remit à Ben le pistolet emballé dans un film plastique également caché dans un des crucifères.

— Tu auras droit à quinze balles, pas une de plus, chuchota-t-il. Fais-en bon usage.

Le colosse opina.

— Compte-sur moi, grand chef !

Peter consulta à nouveau sa montre. Midi moins deux minutes. Bientôt l'heure H. Où étaient passés les gamins ? Pourvu qu'ils ne se soient pas fait remarquer en route, ou pire…

— Combien d'UC pour un de ces trucs bizarres ? Vous êtes sûr que c'est mangeable, au moins ?

Peter eut un soupir de soulagement en reconnaissant

Mehdi. Il aperçut ses acolytes qui traînaient devant les étalages, de l'autre côté de l'allée. Tony, Hugo et Nathan avaient l'air tendu, surtout ce dernier, dont c'était la première mission d'envergure. Mais Peter lui faisait autant confiance qu'aux autres garçons qui l'avaient accompagné dans l'attaque du fort de la Bastille, à Grenoble. Malgré son jeune âge, dix-neuf ans à peine, il témoignait d'une détermination sans faille.

— Alors, combien ? répéta Mehdi, parfait dans son rôle.

Il agitait un smartphone sous le nez de Peter. Les transactions à base d'Unités-CIEL ayant lieu de façon virtuelle, personne ne s'étonnait d'un tel geste.

— Voyons voir, fit mine de réfléchir Peter en allumant son propre appareil, comme pour consulter son compte.

En réalité, il amorçait les détonateurs. Lise avait conçu une application spécifique qui lui permettait d'identifier chaque bombe et d'en déclencher l'explosion indépendamment des autres. Elle avait travaillé d'arrache-pied sur un ordinateur portable alimenté par un générateur à manivelle pour fournir à Peter ce gadget indispensable à la réussite de son plan.

Quand l'horloge à l'écran afficha 12:00, il se dirigea vers l'entrée du *datacenter* en fendant la foule, couvert par Ben, l'arme au poing dans le fond de sa poche. Les garçons surveillèrent leurs arrières.

Au même moment, dans quatorze autres quartiers, autant d'équipes se livraient à des approches similaires de leur cible.

Rien ne pouvait plus stopper l'opération Victoria.

Tout devait à présent aller très vite. Une alarme venait

certainement de se déclencher dans les systèmes de sécurité de l'immeuble, car le comportement de Peter le signalait comme déviant. Il lança un pain de plastic par-dessus la grille qui ceinturait le bâtiment et appuya sur la touche verte de son téléphone juste avant que la bombe n'atteigne le perron, une dizaine de mètres plus loin.

L'explosion provoqua l'accès de panique souhaité parmi la foule du marché. Tandis que chacun fuyait en renversant les étals et leur contenu, dans un brouhaha de cris et d'interjections, Mehdi et ses compagnons bondirent avec souplesse par-dessus la grille. Peter partagea ses bombes entre eux, en conserva une pour lui, puis il escalada l'obstacle à son tour.

— Magnez-vous ! hurla Ben. Ils arrivent…

Une escouade de drones était apparue au-dessus des toits des maisons voisines. Des miliciens tentaient de remonter le courant humain, au bout de la rue.

Mehdi déposa un pain de plastic devant le portail métallique du *datacenter*, puis dévala les marches du perron. Peter fit sauter l'engin. La détonation ébranla une partie de la façade.

— À l'intérieur ! ordonna Peter avant que l'écho s'en soit dissipé.

Les garçons s'engouffrèrent à travers le trou béant, au milieu des éclats de métal et de béton fumant. Mais Ben n'eut pas le temps de les rejoindre. Les drones arrivèrent à sa hauteur. Le colosse visa et vida le chargeur de son revolver. Il put abattre trois machines volantes, mais pas éviter les tirs de Taser qui le secouèrent avant de le mettre KO.

C'était fini pour lui. Les miliciens n'auraient plus qu'à le cueillir où il était tombé. Mais il avait permis au commando de gagner quelques secondes déterminantes.

Peter pénétra dans l'immeuble sans se soucier des avertissements lancés par les drones encore en état de marche. Les salles blanches et leurs milliers de serveurs se répartissaient sur quatre étages. Un pour chacun des jeunes membres de son groupe. Il était convenu de leur laisser cinq minutes avant de déclencher l'explosion de l'ensemble des bombes.

À la montre de Peter, les aiguilles indiquaient midi une et un peu plus de quarante secondes.

Trois drones s'encadrèrent dans l'entrée, éclairés à contre-jour.

Peter fit glisser sa dernière bombe sur le sol carrelé, dans leur direction.

Des tirs de Flash-Ball arrosèrent le hall. Peter ne fut pas assez rapide pour tous les éviter. Il s'effondra avec l'impression de recevoir une volée de coups de poing assénée par un boxeur poids lourd. Chaque impact déclencha une douleur plus vive que la précédente. À une aussi courte distance, les projectiles supposés inoffensifs avaient certainement commis de sérieux dégâts – organe écrasé, os brisé…

Mais Peter n'avait pas lâché son portable. Il rampa jusqu'à l'abri du comptoir d'accueil désormais inutile, dans le fond du hall. Comme Lise l'avait pronostiqué, l'immeuble fonctionnait à présent en totale autonomie, sans l'assistance d'aucun auxiliaire humain. Une chance pour les maquisards, qui n'auraient d'autres victimes à déplorer qu'eux-mêmes.

Il sélectionna sa dernière bombe et appuya sur la touche verte du téléphone. Le souffle brûlant pulvérisa les drones, mais aussi une partie des murs du hall et du plafond.

Un nuage de poussière et de particules de plastic envahit l'espace autour de Peter, l'aveuglant à moitié, lui arrachant une quinte de toux. Ses poumons semblaient en feu. La peau de son visage le démangeait atrocement. Il approcha sa montre aussi près que possible de ses yeux emplis de larmes. L'aiguille des secondes avait cessé sa course autour du cadran. Le mécanisme s'était brisé pendant sa chute, ou une balle l'avait atteint.

Combien de temps encore avant le feu d'artifice final ?

Une, deux ou trois minutes ?

Il fallait absolument que Mehdi, Tony, Hugo et Nathan déposent les bombes aux endroits indiqués par Lise, pour s'assurer de détruire l'ensemble des serveurs. Les données stockées devaient disparaître pour de bon, et amputer d'autant la mémoire de la maîtresse du CIEL.

Combien de temps ?

Peter sélectionna la totalité des bombes qui apparaissaient encore sur la liste à l'écran. Une terrible migraine le torturait. Il avait de plus en plus de mal à respirer. Mais ça lui était égal…

— Montrez-vous, les bras en l'air ! tonna une voix amplifiée du côté des décombres de l'entrée.

Les rayons de plusieurs torches électriques balayèrent la nuée de poussière.

— Sortez de là derrière ou nous ouvrons le feu !

Peter jura. Il rassembla ses forces et se redressa lentement, les bras tendus vers ce qui restait du plafond.

L'ensemble des faisceaux lumineux convergea sur lui, l'éblouissant.

Combien de temps encore, sacré bon Dieu ?

— Lâchez votre arme ! Immédiatement !

Il pensa corriger l'erreur des miliciens, mais se ravisa. Après tout, ils avaient raison. Le portable était bel et bien une arme, et de destruction massive par-dessus le marché !

— J'ai besoin de quelques instants, dit-il. Désolé.

Il faisait tout son possible pour gagner de précieuses secondes.

— Dernier avertissement : lâchez votre arme !

— Vraiment, un peu de temps encore…

— Abattez-le !

Navré, les gars, mais je ne peux pas attendre plus longtemps…

Peter appuya sur la touche verte au moment précis où les fusils automatiques des miliciens se mettaient à crépiter avec furie.

Il eut la vision fugitive des langues de feu crachées par les canons, puis l'univers s'écroula autour de lui dans un fracas épouvantable.

Et enfin ce fut le silence.

Thomas

L'attente rongeait les nerfs de l'assistant de la double R. Chaque jour, il redoutait que Jonas subisse un interrogatoire musclé dans les sous-sols du Centre de Sélection. Son ami croupissait en cellule depuis plus d'un mois et son moral était au plus bas. Thomas craignait qu'il finisse par craquer. Toutefois il évitait de lui rendre de trop fréquentes visites, afin de ne pas attirer l'attention.

Le soir, il continuait d'apporter à Gregory une demi-ration de nourriture, un peu d'eau, ainsi que des nouvelles – toujours les mêmes : le moment n'était pas encore venu de passer à l'action.

Jusqu'au jour où la situation finit par se débloquer. Ironiquement, Camille lui fournit l'information qu'il désespérait tant de recueillir. Comme tous les matins, elle le reçut dans son bureau pour signer les dossiers qu'il lui apportait et effectuer un compte-rendu des derniers événements.

Depuis le redémarrage du réseau CIEL, les double R disposaient d'un moyen de communication privilégié entre eux et avec le reste du monde. Camille ne faisait pas exception à la règle. Elle ne se séparait plus de sa tablette, devenue le symbole de son autorité.

— Notre zone a bénéficié d'une forte dotation en Unités-CIEL, se réjouit-elle tout d'abord. Une manière de récompenser nos efforts et de reconnaître nos mérites.

Elle avait l'air sincèrement ravie. Thomas, comme à son habitude, ne manifesta aucune émotion particulière.

— Il faudra réfléchir au meilleur moyen de les répartir entre nos collaborateurs, réfléchit-elle à voix haute. Je pense distribuer des primes aux plus performants.

Thomas se demanda comment mesurer la performance en matière de torture : au nombre d'os brisés ou d'hématomes apparents ?

Il se garda prudemment de tout commentaire.

— On pourra aussi les utiliser pour se procurer les produits qui nous manquent à l'occasion du prochain marché interzones, continua Camille. La 577 fabrique un excellent savon, paraît-il…

Elle pérora encore un moment avant de lui signifier la fin de leur entretien. Thomas était sur le point de franchir le seuil quand Camille lâcha :

— Ah, j'ai failli oublier un dernier point. Nous avons atteint notre quota de travailleurs volontaires pour les zones agricoles.

Thomas approuva en silence. Le volontariat selon Camille se résumait au fait que les prisonniers du Centre ne s'opposaient pas à leur expédition dans les zones en recherche de main-d'œuvre. Comment l'auraient-ils pu, d'ailleurs ?

— Un convoi partira gare de l'Est après-demain,

précisa la double R.

Gare de l'Est ! Une des lignes conduisait droit au pied des montagnes vosgiennes. Thomas aurait dû l'emprunter pour se rendre chez son grand-père à l'occasion des précédentes fêtes de Noël. Il avait même conservé son billet. Un signe favorable, sûrement !

— Pour quelle destination ? demanda-t-il.

Pourvu qu'il n'ait pas manifesté trop ostensiblement son intérêt…

— Mm, voyons voir.

Camille effleura l'écran de sa tablette.

— Ah, voilà : la zone 603, autrement dit Strasbourg. Plusieurs arrêts sont programmés entre les plaines de Champagne, la Meuse et l'Alsace. Avec les moissons qui débutent, on a besoin là-bas de toutes les paires de bras disponibles. Peut-être désires-tu te porter volontaire ?

Le cœur du garçon sauta un battement. Il ne sut quoi répondre. Le rire de Camille dissipa heureusement son embarras.

— Je plaisante, idiot ! Tu m'es trop utile ici pour que je te laisse partir un jour !

*

Le soir même, Thomas avertit Gregory de se tenir prêt pour le lendemain. Dès l'aube, la colonne des volontaires traverserait l'île de la Cité, puis remonterait le boulevard de Sébastopol en direction de la gare de l'Est. Thomas indiqua à quel endroit son ami pouvait se joindre au cortège sans risque de se faire remarquer.

— Encore faut-il que je puisse m'en approcher, remarqua Gregory.

Thomas déboutonna alors sa chemise. Il en portait une seconde par-dessous.

— Pour toi, dit-il en s'en dévêtant. Avec ça sur le dos, les drones te ficheront la paix.

— D'où est-ce que ça vient ?

— De l'atelier officiel de confection de la zone. Je l'ai fait fabriquer il y a quinze jours grâce à un dossier bidon. La référence imprimée est celle d'un travailleur volontaire immobilisé quelque temps suite à un accident. Son dossier est en attente de traitement sur mon bureau. Tant que je fais durer les choses, les drones ne se rendront pas compte de la substitution, du moins je l'espère. Et j'ai une autre chemise pour Jonas…

— Tu as pensé à tout.

— Sûrement pas, hélas. Vous aurez besoin de chance, aussi. Et là, ce n'est plus de mon ressort.

— Tu ne viens pas avec nous ?

Gregory avait l'air autant déçu qu'étonné.

— Si je m'absente, Camille aura des soupçons. Elle comprendra vite que ce n'est pas un hasard si je disparais le jour où part le convoi. Grâce à sa fichue tablette, elle est en communication permanente avec les machines. Elle fera arrêter le train et il n'y aura plus qu'à nous cueillir tranquillement. Alors mieux vaut que je reste. Et je serai plus utile ici.

Il ne jugeait pas nécessaire d'expliquer en quoi à son ami. Évoquer le recyclage ne paraissait pas une bonne idée dans les circonstances présentes. Thomas s'était juré de tout tenter pour éviter au plus grand nombre de malheureux d'être envoyés dans une de ces maudites usines. Mais d'abord, il lui fallait s'assurer que Jonas et Gregory ne couraient plus aucun danger.

Il tendit la main.

— Je ne te reverrai plus avant un moment, dit-il, la voix altérée par l'émotion.

Gregory dédaigna la main offerte. Il attrapa Thomas par les épaules et le serra contre lui.

— Je n'oublierai jamais tout ce que tu as fait pour moi, lui souffla-t-il à l'oreille. Quand toute cette merde aura pris fin, je te promets qu'on se retrouvera. En attendant, gaffe à tes fesses, Keller ! Sérieux, mec.

— Sérieux, répéta Thomas, la gorge enrouée.

Puis il s'arracha à l'étreinte de son ami et se hâta de regagner le Centre de Sélection.

Une longue nuit s'annonçait, durant laquelle, Thomas le savait, il ne dormirait pas.

*

La gestion du timing s'avérait primordiale. Thomas se présenta dans l'aile des prisonniers quelques minutes avant que les travailleurs volontaires ne soient rassemblés dans la cour. Comme prévu, il n'avait pas fermé l'œil et était resté allongé sur son lit à contempler les fissures du plafond, tout habillé, dans l'attente des premiers rayons de soleil.

Une magnifique journée de printemps s'annonçait.

Chaude et ensoleillée. Quasiment un avant-goût de l'été.

— Enfile ça, commanda-t-il à Jonas en lui fourrant d'autorité une boule de tissu froissé entre les mains après avoir vérifié que personne ne les observait. Ne discute pas. On n'a pas beaucoup de temps.

Jonas lui obéit – une première !

— Maintenant, écoute-moi avec attention. Fais exactement ce que je te dis. Baisse les yeux en passant devant les gardes. Ne lève pas la tête avant d'arriver à la gare, il y aura des drones sur le trajet. Et continue de la fermer, surtout ! C'est le meilleur conseil qu'on puisse te donner…

Thomas aurait voulu serrer son ami dans ses bras, comme Gregory l'avait fait avec lui la veille, mais il ne valait mieux pas s'attarder dans la cellule.

— Bonne chance, murmura-t-il.

Jonas esquissa un faible sourire.

L'appel au rassemblement des volontaires résonna quelques minutes plus tard, alors que Thomas venait tout juste de regagner son bureau. Il s'approcha de la fenêtre pour assister au départ de la colonne, encadrée par une poignée de gardes. Thomas comptait sur leur manque de zèle à une heure aussi matinale pour permettre à Gregory de se glisser dans le cortège, ni vu ni connu, au moment où celui-ci franchirait la frontière entre les zones 544 et 545, au niveau de la Seine. Les dés étaient jetés, il ne pouvait désormais rien faire de plus, sinon croiser les doigts.

Et éliminer les traces du passage de Jonas dans le Centre de Sélection, bien sûr. Il récupéra le dossier caché au fond d'un tiroir et y apposa les tampons indispensables. Officiellement, 544-PFH-702 avait été expédié au recyclage, comme le souhaitait la double R.

Restait une dernière formalité avant de pouvoir classer le dossier : obtenir la signature de Camille. Thomas glissa le dossier au milieu d'une quinzaine d'autres, puis il se présenta dans le bureau de la kapo.

Il prit une grande inspiration avant d'entrer. Rien ne devait trahir sa nervosité.

— J'apporte les dossiers du jour, dit-il en s'asseyant à sa place habituelle.

— Rien de particulier ? demanda Camille.

— N… non, bredouilla Thomas, se maudissant pour son hésitation.

— Bien. Excuse-moi un instant.

Elle compulsa sa tablette, manipula quelques icones, hocha plusieurs fois la tête.

— Je suis en direct la progression de la colonne de volontaires, expliqua-t-elle. Un drone me transmet les images et les infos… Ah, elle vient de pénétrer dans la zone 545.

Thomas retint son souffle en pensant à Gregory.

— Parfait, dit Camille. Tout se passe à merveille.

Elle releva le nez de l'écran. Son expression alerta aussitôt Thomas.

— Ne t'inquiète pas pour tes petits camarades, dit-elle. Ils monteront bien dans le train d'ici une heure. Mais ils ne descendront pas à l'arrêt prévu. Pas de séjour en zone agricole pour eux. Ils continueront jusqu'au terminus. Destination recyclage, je me suis déjà occupée de tous les papiers. Inutile de me remercier !

Assommé, Thomas se sentit près de défaillir. La kapo

l'avait manipulé depuis des semaines. Comment avait-il pu se montrer aussi naïf ?

— Franchement, continua Camille, triomphante, je m'étonne que tu aies pensé pouvoir me doubler aussi facilement. Je me doutais que tu manigançais quelque chose depuis l'arrestation de Jonas et la disparition de Gregory. Alors je t'ai fait surveiller de près. Tu me déçois beaucoup. J'avais de grands projets pour toi.

— Tu… tu ne peux pas envoyer Greg et Jonas à la mort ! Il n'est pas trop tard pour modifier tes ordres, je t'en supplie…

— Je pourrais peut-être appeler les gardes pour qu'ils fassent descendre ces deux idiots au bon endroit, oui, reconnut la double R. Je pourrais te rendre cet immense service. Mais qu'est-ce que j'y gagnerais ?

Thomas comprit alors les raisons de cet odieux chantage.

— Je contacterai ma mère, capitula-t-il. Tu pourras lui demander ce que tu veux.

— Oh, je ne réclame pas grand-chose, enfin rien que l'ambassadrice ne puisse obtenir. La zone 544 est un peu étriquée. J'y ai suffisamment fait mes preuves. Il serait temps pour moi d'obtenir de plus larges responsabilités, tu ne crois pas ?

Elle sortit un téléphone portable de sa poche.

— Nous allons profiter de sa tournée pour nous manifester auprès de cette chère 001-LME-001. Jusqu'à présent, toutes mes doléances se sont heurtées à une fin de non-recevoir. Je suppose qu'une machine les filtre. On ne peut évidemment pas déranger l'ambassadrice pour un oui, pour un non, même pas les Référents Responsables…

Mais je suis sûre qu'avec toi à mes côtés je vais finir par obtenir gain de cause !

Thomas approuva en silence, vaincu.

— J'enverrai un contrordre aux gardes aussitôt que j'aurai obtenu toutes les garanties nécessaires, promit Camille. Tu as un peu moins d'une heure pour convaincre ta mère. Passé ce délai, je ne pourrai plus rien faire pour sauver tes amis.

Jenny

Avec l'arrivée du mois de juin, le travail dans le domaine s'intensifia. Les premières récoltes n'avaient rien de spectaculaire, surtout en comparaison de celles des années précédentes, mais Martin Stoltz était plus que satisfait. Sans engrais ni pesticide, sans l'aide d'aucun robot ni d'aucune machine, céréales, légumes et tubercules étaient sortis de terre à peu près au bon moment, aidés par des conditions météo favorables – le soleil avait brillé, les averses avaient rempli le puits et les réservoirs, permettant un arrosage régulier. Le maître des lieux se réjouissait de cette réussite chaque fois qu'il en avait l'opportunité. C'était encore le cas ce soir-là, à la table du dîner, autour de laquelle tout le hameau se réunissait.

— Le marché de Leipzig nous permettra d'écouler la production sans problème, expliqua Martin. Là-bas, les gens ne mangent toujours pas à leur faim. Les stocks des supermarchés sont épuisés depuis longtemps. On ne voit plus un chat ni un chien dans les rues.

— Tu veux dire qu'ils les ont boulottés ? Quelle horreur ! s'exclama Angela.

Willy pâlit à cette idée, déclenchant l'hilarité de son tuteur. Une fois calmé, Martin lui annonça :

— Demain, on tuera quelques-uns des porcs. Nos jambons et nos saucisses remporteront un franc succès en ville. Bon sang, j'ai même vu des rats rôtis à la broche s'arracher pour une fortune !

— Vous espérez vous enrichir en profitant de la situation ? ne put s'empêcher de demander Jenny, choquée.

— Bien sûr que non ! Pour qui me prenez-vous ? De toute manière, l'argent n'a plus aucune valeur, ni l'or ou les bijoux. Mais une nouvelle monnaie a fait son apparition, en plus du troc.

Jenny savait de quoi il parlait. L'ambassadrice l'avait annoncé et son discours avait vite été relayé dans les zones d'exploitation.

— Les Unités-CIEL, dit-elle.

— Elles s'arrachent comme des petits pains, confirma Martin. On peut les transformer en temps d'accès au CIEL ou en puissance électrique. Elles servent d'abord à rémunérer les collaborateurs des machines. Mais tout le monde en a besoin. Sans exception. Quelques kilowatts pour les pompes des systèmes d'arrosage nous soulageraient un peu. Et je suis sûr que vous apprécieriez de pouvoir redémarrer la chaudière pour un bain, plutôt que de vous frictionner à l'eau tiède ! Je n'ai pas raison ?

Chacun acquiesça autour de la table. Martin fixa Jenny avec insistance, jusqu'à ce qu'elle admette effectivement rêver d'un bain brûlant.

— Et ce n'est pas tout, ajouta-t-il en déposant un téléphone portable devant lui. Les UC permettront d'avoir enfin des nouvelles des proches qui vivent dans d'autres zones d'exploitation. J'ai déjà échangé plusieurs kilos de nos betteraves contre une poignée de secondes de communication. C'est encore peu, mais ce n'est qu'un début. D'ici l'été, j'aurai collecté assez de temps pour que vous puissiez tous passer un ou deux appels. Il y a sûrement quelqu'un, quelque part, qui attend avec impatience.

Jenny se rappela le pacte scellé avec Carl par un baiser, le mois dernier.

— Il y a bien quelqu'un, dit-elle. Mon grand-père. Il vit assez loin d'ici. J'espère toujours le rejoindre.

— Vous voulez repartir ? demanda Martin, sourcils froncés.

— On a assez abusé de votre hospitalité, dit Carl, saisissant la balle au bond. Et puis nous avons une excellente raison de ne pas nous imposer davantage…

Tous les regards se tournèrent vers le garçon. Il quêta l'approbation de Jenny avant de révéler :

— Peut-être n'avez-vous encore rien remarqué, mais nous attendons un heureux événement, comme on dit. Enfin, comme on disait…

Un ange passa. Puis Angela se leva pour venir serrer Jenny dans ses bras.

— Oh, ma pauvre chérie ! Je ne sais pas si je dois te féliciter ou te plaindre. Qu'est-ce que tu vas faire ?

— J'ai décidé, commença Jenny avant de se reprendre en échangeant un coup d'œil avec Carl : nous avons décidé de garder l'enfant. C'est pour ça qu'on tient à reprendre la route tant que je le peux encore.

Angela poussa un soupir et vint se rasseoir. Personne n'osait commenter l'événement autour de la table.

— Qu'est-ce qui se passe ? demanda Willy, qui ne comprenait pas.

— Jenny va être maman, lui expliqua Martin.

Un sourire illumina la face de Willy.

— C'est une bonne nouvelle ! s'écria-t-il.

Mais son tuteur ne partageait pas cette opinion.

— Ç'en aurait été une avant la Nouvelle Ère. Aujourd'hui, ça pose un sérieux problème.

— Pourquoi ?

— Parce que c'est interdit.

— Ne vous en faites pas, s'empressa de préciser Carl. Nous ne voulons pas que cela vous crée des ennuis. Nous vous quitterons dès demain si vous le souhaitez. Notre enfant viendra au monde chez le grand-père de Jenny.

— Allons donc, quelle idée ! protesta Angela. Voyons, Martin, dis quelque chose… On ne peut pas les laisser s'en aller !

— Il faut respecter leur choix, Angela. Et penser à la sécurité de notre petite communauté. Abriter des fugitifs est une chose, mais un nourrisson… Et si l'accouchement se passe mal ? Tu y as pensé ? Que ferons-nous si Jenny a besoin d'un médecin ?

— Tu réalises le danger pour eux, là dehors ? S'ils se font attraper et qu'on découvre qu'elle est enceinte…

Martin frappa du poing sur la table. Willy lâcha un cri perçant et se mit à trembler.

— Ça suffit ! Je n'aime pas avoir à le rappeler, mais je suis chez moi et je décide ce qui convient le mieux. Si tu n'es pas d'accord, tu es libre de partir, toi aussi.

Angela le fusilla du regard, mais n'osa pas insister. Elle se rassit, tête basse. La tension qui régnait dans la salle à manger était telle qu'aucune conversation ne reprit. Chacun se hâta d'avaler sa soupe avant de prendre congé.

Il ne resta finalement plus que Carl, Jenny, Martin et Willy autour de la table.

— Vous auriez dû m'avertir plus tôt, dit le maître des lieux. J'aurais pu trouver une solution. Mais vous n'aviez peut-être pas assez confiance ?

— Si, mentit Carl. Mais dans le contexte…

— Je comprends. La franchise est devenue un luxe qu'on ne peut plus guère s'autoriser. C'est malheureux, mais c'est ainsi. Nous devons l'accepter.

Il secoua la tête d'un air las. Puis il quitta la salle à manger, Willy sur ses talons. Avant de sortir, il se retourna pour lancer, avec un clin d'œil :

— Au moins, tâchez de profiter de votre dernière nuit sous mon toit !

*

Ils eurent du mal à trouver le sommeil. D'ici quelques heures, ils feraient un véritable saut dans l'inconnu. Mais ils demeuraient persuadés d'avoir pris la bonne décision. Pas seulement pour eux, mais pour leur enfant.

Ils évoquèrent leurs craintes et leurs espoirs pour l'avenir, chuchotant dans le noir, et se firent la promesse, quoi qu'il arrive, de ne jamais se séparer. Un élan de tendresse les rapprocha de façon plus intime encore, puis ils finirent par s'endormir, blottis l'un contre l'autre, vers le milieu de la nuit.

Jenny ne rêva pas – ou elle ne s'en souvint plus lorsqu'on frappa à la porte de la chambre tôt dans la matinée du lendemain.

— Ouvrez, c'est Martin. Je vous apporte des provisions pour la route. Et je tiens à m'excuser pour mon attitude d'hier soir avant de vous dire au revoir.

Carl repoussa la couette tandis que Jenny s'étirait en bâillant – elle regretterait le confort de ce lit douillet et chaud !

Le jour se levait à peine. Une clarté laiteuse filtrait à travers les rideaux. Une belle journée de printemps s'annonçait…

À peine Carl eut-il déverrouillé la serrure que la porte s'ouvrit à la volée. Percuté par le battant, le garçon partit à la renverse. Il s'étala sur le tapis tandis que quatre policiers en uniforme gris envahissaient la chambre.

Dans un dérisoire réflexe de pudeur, Jenny remonta la couette sur sa poitrine nue.

— Habille-toi en vitesse, commanda un intrus.

Carl fut promptement maîtrisé et menotté. Un policier lui passa sa chemise sur les épaules.

Martin Stoltz se tenait en retrait, sur le seuil, en compagnie d'un homme vêtu de gris de la tête aux pieds – l'officier référent de l'équipe, sans doute.

Jenny expédia un crachat en direction du moustachu.

— Ne m'en veuillez pas, fit-il. Ça n'a rien de personnel. Mais je dois penser avant tout aux intérêts de mon domaine. Si on vous avait capturés sur la route et forcés à avouer d'où vous veniez, j'aurais pu avoir de graves ennuis.

— Combien d'Unités-CIEL votre traîtrise a-t-elle rapportées ?

— Silence ! aboya l'officier.

Il adressa un signe du menton à ses hommes.

— Allez, dégagez-moi ça !

Carl tenta de se débattre. Il reçut un coup de poing dans le ventre qui lui coupa le souffle. Deux policiers le traînèrent dans le couloir et lui firent dévaler les escaliers. Jenny leur emboîta le pas, encadrée par les deux autres flics.

Willy jaillit soudain de sa chambre au moment où son tuteur passait à sa hauteur. Il bondit sur Martin et se mit à le secouer en lui hurlant à la face :

— Menteur ! Menteur ! Menteur ! Tu avais promis qu'ils pourraient s'en aller !

L'officier référent observa la scène en ricanant. Il pointa le canon d'un pistolet à impulsions électriques sur Willy. Mais Martin parvint à se débarrasser de son assaillant en le repoussant violemment. Le malheureux se jeta alors au cou de Jenny.

— Désolé ! Désolé ! Désolé !

Elle comprit qu'il lui présentait ses excuses pour le mauvais traitement subi quelques semaines plus tôt, dans la cave. Mais elle s'inquiétait trop de la suite des événements pour réagir comme Willy devait s'y attendre. Une pensée l'obsédait : qu'allait-il arriver à son enfant ?

Willy l'étreignit alors avec une douceur insoupçonnée. Jenny sentit qu'il glissait quelque chose dans la poche de son pantalon, par-dessous un pan de tunique.

— Rentre dans ta chambre, ordonna Martin.

Willy obéit à son tuteur. Cependant il claqua la porte derrière lui pour manifester sa réprobation.

Tous les habitants du hameau s'étaient rassemblés devant la maison pour assister au départ du couple. Angela semblait triste et furieuse à la fois. Elle leur adressa un adieu du bout des lèvres quand ils grimpèrent à bord du fourgon cellulaire. Martin Stoltz regarda le véhicule s'éloigner dans le ronronnement de son moteur électrique depuis une fenêtre de l'étage.

Atterrée, Jenny chercha du réconfort dans le regard de Carl. Mais elle y lut seulement de la panique et un total désarroi. Lui devait lire la même chose dans le sien. Elle fit glisser ses paumes sur son ventre toujours pas arrondi. Le rituel du matin pourrait-il conjurer le mauvais sort ?

Il n'y avait désormais plus guère d'espoir. Jenny se rappelait les femmes du *Tiergarten*, enceintes de plusieurs mois, mises à l'écart dans une section spéciale du camp, séparées de leurs compagnons et maris, puis évacuées un matin sans aucune explication.

Les rumeurs les plus folles n'avaient pas tardé à circuler, colportées par les gardiens. Tout le temps passé à préparer leur fuite, Carl et Jenny avaient refusé de les commenter. Ils n'en parlaient pas entre eux ni avec les autres. Comme si éviter le sujet pouvait les protéger du pire !

Jenny songea qu'elle n'allait plus tarder à savoir ce qu'étaient devenues les femmes du *Tiergarten*…

Ils roulèrent une vingtaine de minutes avant d'arriver dans les faubourgs de Leipzig. Le fourgon suivit un itinéraire balisé. Un mot revenait régulièrement sur les pancartes : *Bahnhof.*

Ils nous emmènent directement à la gare, s'étonna Jenny. Pourquoi ?

L'officier référent apporta un semblant d'éclaircissement en supervisant leur transfert jusqu'à un quai encombré par plusieurs dizaines d'hommes et de femmes, placés sous bonne garde.

— Vous avez de la chance, se moqua-t-il. Un convoi d'improductifs s'arrête justement ce matin en ville. Vous partez bientôt pour le recyclage. Je vous souhaite un bon voyage !

Un train automatisé à grande vitesse ne tarda pas à pointer son museau profilé avec aérodynamisme. La rame était composée de voitures à étage, dont la plupart débordaient déjà de passagers. Les policiers forcèrent les prisonniers à s'entasser dans le peu d'espace encore disponible.

Carl et Jenny se retrouvèrent coincés dans une travée, près d'un compartiment à bagages. Sitôt les portières closes, le convoi redémarra et prit peu à peu de la vitesse. Moins d'une minute plus tard, il filait à plus de trois cents kilomètres par heure à travers la campagne.

— On se dirige vers l'ouest, remarqua Carl avant de demander à voix haute : Quelqu'un sait où ils nous emmènent ?

La peur, la faim et la lassitude creusaient les traits des autres voyageurs. Une femme âgée lança depuis le fond de son fauteuil :

— Je suis montée à Dresde, le train était presque vide. Il se remplit un peu plus à chaque arrêt. On ne nous a informés de rien depuis qu'on nous a sortis des Centres de Sélection.

D'autres passagers indiquèrent leur gare de départ et confirmèrent ne pas connaître la destination du convoi.

— Une chose est sûre, dit un vieil homme en indiquant l'écran situé à l'extrémité de la rame. À cette vitesse, on sera vite fixés !

Le compteur de la voiture affichait à présent plus de cinq cents kilomètres par heure !

Jenny se faufila dans le compartiment à bagages pour s'isoler. Fouillant sa poche de pantalon, elle en extirpa le cadeau d'adieu de Willy.

Un téléphone portable. Et pas n'importe lequel : celui de Martin Stoltz. Willy le lui avait subtilisé au ncz et à la barbe des policiers !

— Où as-tu dégotté ce machin ? s'étonna Carl.

— Chut, pas si fort ! Cache-moi, s'il te plaît. Ce « machin » va peut-être nous sauver la vie…

Elle alluma l'appareil. Un faible signal de réception se mit à clignoter dans un coin de l'écran.

— Il capte, chuchota-t-elle. Mais il contient peu d'UC. Martin n'a pas eu le temps de charger sa récompense.

— Tu n'auras droit qu'à un essai.

Jenny commença de composer un numéro qu'elle connaissait par cœur, même si elle ne l'avait pas utilisé depuis au moins un an.

— Qui appelles-tu ? demanda Carl. Personne ne peut plus nous venir en aide !

— Si, il y a encore quelqu'un. Ou plutôt, quelqu'une…

Sarah

La résistance était dirigée par un professeur d'histoire de l'université d'Amsterdam répondant au surnom de Joost. Ses troupes occupaient une partie du réseau de distribution des eaux usées qui circulait sous la ville et ses célèbres canaux – autrement dit : les égouts.

D'anciens employés municipaux des services de la voierie avaient rejoint le mouvement avec une partie de leur matériel, les plans des plus vieux tunnels et tout un lot de clés dont certaines, impressionnantes, remontaient à l'époque de la construction des premières galeries d'assainissement, au XVIe siècle.

Comme l'expliqua Joost, peu de gens connaissaient l'existence des plus vieilles sections du réseau, depuis longtemps condamnées. Lui y avait consacré une thèse, vite oubliée. Et les rares documents relatifs au sujet, tels les plans dessinés à la plume par les ingénieurs d'antan, n'avaient jamais été numérisés. Aucun risque, en conséquence, que les machines puissent y avoir accès.

La preuve, les résistants n'avaient-ils pas facilement

échappé aux gardes de la milice, le jour de l'enlèvement de l'ambassadrice ?

Ils avaient pour cela profité de la confusion générée par l'explosion des drones, puis ils s'étaient enfuis dans les égouts avec leur otage tandis que les machines, impuissantes, tentaient de contenir plusieurs dizaines de milliers de référents paniqués par ce qu'ils prenaient pour un attentat.

Une opération rondement menée !

Après ce coup d'éclat, le niveau de sécurité avait été relevé à son maximum en surface. Les patrouilles de drones quadrillaient chaque secteur sans interruption, 24 heures sur 24, obligeant Joost et les siens à demeurer terrés dans le sous-sol.

Si cela ne semblait leur poser aucun problème, Sarah, quant à elle, n'aurait jamais cru autant regretter Linosa – sa douce chaleur et son air pur, surtout !

La puanteur ambiante, mélange d'eaux stagnantes et de déjections diverses, lui donnait en permanence la nausée. L'absence de lumière naturelle lui plombait le moral. Et les pauvres rations distribuées matin et soir ne suffisaient pas à apaiser sa faim.

Mais elle ne se plaignait jamais de son sort. Joost non plus, pas plus que les hommes et les femmes qui l'entouraient. Et ils subissaient ces mauvaises conditions depuis bien plus longtemps qu'elle : presque six mois pour les membres fondateurs du groupe.

— Comment vous organisez-vous pour le ravitaillement ? avait-elle eu la curiosité de demander.

— Assez simplement, avait répondu Joost avec un sourire. On récupère tout ce qui flotte et paraît encore comestible.

— Vous blaguez ?

— Une fois bouilli, il n'y a plus beaucoup de risque. Et c'est presque mangeable.

Plus tard, quelqu'un avoua à Sarah qu'ils effectuaient aussi des raids sur les étals les jours de marché. Ils avaient mis au point une technique infaillible pour éviter de se faire prendre avec de la marchandise volée dans les poches – cela pouvait valoir un séjour prolongé dans les geôles du Centre de Sélection. Les légumes dérobés étaient immédiatement jetés à l'égout le plus proche, où un complice les récupérait avant qu'ils aient trop trempé dans la bouillasse fétide.

Sarah avait alors cessé d'interroger Joost. L'universitaire ne lui faisait visiblement pas confiance. Il avait accepté de renoncer à son projet d'exécution, mais à contrecœur. Pour lui, Sarah portait une large part de responsabilité dans le sort réservé aux improductifs de la Nouvelle Ère. Et à sa femme en particulier.

Les autres membres du groupe se montraient toutefois plus aimables avec leur « invitée » – le statut de Sarah n'était pas défini avec précision : pas vraiment prisonnière, mais pas non plus libre de s'en aller. Ils discutaient avec elle, s'arrangeaient pour qu'elle souffre le moins possible des conditions de cette étrange détention.

On lui avait rendu ses affaires, les vêtements portés le jour de l'enlèvement et le contenu de ses poches. Elle avait ainsi pu prouver sa relation avec Peter Keller en présentant une galerie de photos stockées sur son téléphone portable, datant de leur mariage.

Avant d'allumer l'appareil, elle avait rassuré Joost.

Impossible de tracer sa position par GPS. Comme tous les téléphones des cadres de sa fondation, il était passé entre les mains d'un spécialiste pour le rendre anonyme. La Fiped ne manquait pas d'ennemis, entre les groupes industriels et les gouvernements auxquels elle s'attaquait dans ses campagnes. Ce genre de précaution n'était pas du luxe. Un résistant qui s'y connaissait avait confirmé l'absence de risque après avoir inspecté les entrailles électroniques de l'objet.

Les photos de la famille Keller avaient paru convaincre Joost, surtout celles où Peter posait dans son uniforme militaire. Les clichés de Thomas et Jenny bébés, puis enfants, semblaient même l'avoir ému. Sarah lui avait aussi montré les vues les plus récentes, capturées durant ses vacances dans le sud de l'Italie, en compagnie de Luisa, Bernard et Frank – le staff décisionnel de la Fiped, dont elle était aujourd'hui l'unique survivante.

Joost l'avait écoutée raconter son histoire, depuis l'accident de leur guide sur le sentier de randonnée jusqu'à son arrivée à Linosa, en passant par la tragique tentative de fuite en bateau et la capture par le sous-marin passé sous le contrôle de l'IA.

La situation dépassait l'autorité du chef de la résistance amstellodamoise. C'est pourquoi il avait décidé d'en référer en haut lieu, à savoir au leader du mouvement général de rébellion, qui se trouvait de plus personnellement impliqué.

Quand elle avait appris le rôle initiateur joué par Peter, Sarah n'avait pas été autrement surprise. Son ex-mari possédait après tout l'expérience et les qualités requises pour ce poste. Pendant une quinzaine d'années, les services de renseignements français lui avaient confié des missions similaires en Afrique ou en Europe centrale – réunir des civils motivés, les entraîner et, en sous-main, diriger des révolutions contre le tyran mégalo du coin.

— Comment allez-vous réussir à le contacter ? s'était-elle inquiétée.

— Nous ne sommes pas si isolés qu'on en a l'air, avait expliqué Joost. Nous avons quelques sympathisants infiltrés dans la milice. Où croyez-vous qu'on a dégotté les lance-missiles l'autre jour ? Bref, certains gardes font passer des messages d'une zone à l'autre par l'intermédiaire des convois ferroviaires. Le personnel technique des chemins de fer est de notre côté, en général. C'est lui qui achemine notre courrier. Mais ça met pas mal de temps, parce que peu de trains circulent encore. Il faudra au moins une semaine avant que le message arrive, et encore une autre pour recevoir la réponse. Peut-être davantage…

Génial, avait songé Sarah. Quinze jours à se morfondre dans ce cul-de-basse-fosse, au bas mot !

Depuis, elle comptait le trop lent défilé des heures. Pour ne pas perdre contact avec la réalité, elle avait laissé son portable allumé – les capacités de la batterie autorisaient une très grande autonomie, et elle pourrait toujours le recharger grâce au générateur des résistants en cas de besoin.

Ainsi, elle pouvait connaître la date précise et, surtout, faire défiler sa galerie de photos chaque fois qu'elle en éprouvait l'envie, comme pour ne pas oublier qui elle était en réalité.

Sarah Fuchs, et non plus l'ambassadrice des machines

auprès de l'humanité.

*

Mai avait finalement cédé la place à juin.

Pour tuer l'ennui, Sarah participait aux travaux d'entretien et à la préparation des repas. Le reste du temps, elle tournait en rond dans l'espace qui lui était réservé.

La place ne manquait pas. Le groupe de résistants ne dépassait pas la quarantaine d'individus et l'ancien égout s'étirait sur plus de cent mètres. Chacun disposait d'un coin à part, séparé des autres par un rideau improvisé à l'aide de bâches en plastique issues d'un chantier de rénovation du réseau des eaux usées, interrompu depuis l'hiver dernier.

Dans cette intimité relative, Sarah était parvenue à s'imposer un rythme alternant périodes d'activité et de repos.

Le retour des expéditions menées en surface ponctuait le déroulement de ces interminables journées. Les nouvelles rapportées n'avaient rien de réjouissant. Toujours pas de réponse au message expédié à Peter deux semaines plus tôt.

Mais des rumeurs commençaient à circuler, propagées par les agents des compagnies de chemin de fer.

Des rumeurs alarmantes…

On disait que les maquis du Vercors avaient lancé plusieurs attaques simultanées contre les *datacenters* de la région lyonnaise. Qu'ils en avaient effectivement détruit plusieurs – les chiffres variaient. Mais qu'il s'était agi de véritables missions suicides, pour la plupart. Que peu de maquisards en avaient réchappé.

Sarah refusait d'y croire.

Peter ne pouvait pas lui faire un coup pareil ! Pas après qu'il fut de nouveau rentré dans sa vie, sans même le savoir. Non, il n'était pas possible, encore moins admissible, qu'il eût joué les martyrs !

Mais les jours passaient et les hommes de Joost continuaient de rentrer bredouilles. Les communications avec la résistance française avaient été interrompues.

Le moral de Sarah s'en ressentit. Après Luisa, Bernard et Frank, elle ne supporterait pas de perdre encore un proche – même si Peter ne correspondait plus à cette définition depuis leur séparation.

Il n'y avait cependant rien d'autre à faire que d'attendre, toujours attendre, dans l'espoir de recevoir enfin une nouvelle qui démentirait… Quoi, au juste ? Sarah n'en savait rien. Cette ignorance était la pire des tortures !

Puis, un matin, elle fut tirée du sommeil par un vrombissement étouffé.

Son portable vibrait sous la veste roulée en boule qui lui servait d'oreiller.

Il émettait un signal de réception d'appel.

Sarah resta un moment interloquée, à se demander si elle ne rêvait pas.

Elle se décida finalement à regarder l'écran.

Elle s'attendait à découvrir un message de l'IA – celle-ci n'avait curieusement jamais tenté de la joindre depuis le jour de l'enlèvement, comme si elle ne se souciait pas le moins du monde de ce qui pouvait lui arriver…

Mais elle se trompait. Ce n'était pas l'IA. L'écran affichait un numéro inconnu. Aucun nom ni même une référence.

Sarah se prit à espérer. Se pouvait-il que Peter…

Il n'y avait qu'un moyen de le savoir. Elle appuya sur la touche « accepter l'appel » et porta l'appareil à son oreille d'une main tremblante.

Une voix lointaine s'échappa du haut-parleur, étouffée, timide, tremblante – mais Sarah la reconnut aussitôt et son cœur s'emballa de plus belle.

— *Allô, maman ? C'est Jenny… Je… j'ai besoin d'aide, je t'en prie ! Maman… Allô ?*

— Jenny ! Oh, chérie… C'est vraiment toi ?

— *Je ne vais pas pouvoir te parler longtemps. Écoute-moi très attentivement. Je suis à bord d'un train qui est parti de Dresde tôt ce matin et qui roule en ce moment vers l'ouest après un arrêt à Leipzig. Je… j'ai très peur de ce qui va m'arriver au bout du voyage… Maman, je t'en supplie, fais quelque chose ! S'il te plaît, mam…*

La communication fut soudain interrompue.

Sarah tenta de rappeler, mais elle n'obtint qu'une tonalité hachée de parasites.

Elle se précipita alors vers l'espace privé de Joost. L'ancien professeur dormait tout habillé sur son lit de camp. Elle l'attrapa par le col et se mit à le secouer.

— Debout ! Il faut absolument que je parle avec vos contacts de la résistance dans les chemins de fer. Tout de suite ! C'est une question de vie ou de mort ! Ma fille est en danger…

Table

Reproduit et achevé d'imprimer en septembre 2014
par Imago Publishing Ltd.
pour le compte de Gulf Stream Éditeur,
Impasse du Forgeron, CP 910, 44806 Saint-Herblain Cedex
www.gulfstream.fr
Dépôt légal 1re édition : mars 2015